Copyright photos de couverture :
Christine Duportel
Toute reproduction interdite

Christine Duportel
Fabienne Hégron
Mara Montebrusco-Gaspari

***

Les vagues de l'enfer
Tome 1

Le secret de Mathilda

Éditeur : BoD-Books on Demand,
12/14 rond-point des Champs Élysées, 75008 Paris, France

Impression : BoD-Books on Demand, Norderstedt, Allemagne

ISBN : 978-2-322-04218-0

Dépôt légal : 11-2015

Le Code de la propriété intellectuelle interdit les copies ou reproductions destinées à une utilisation collective.

Toute représentation ou reproduction intégrale ou partielle sans le consentement de l'auteur ou ses ayants droit est illicite et constitue une contrefaçon sanctionnée par les articles L 335-2 et suivants du Code de la propriété intellectuelle

Préface

Cette histoire a vu le jour un soir d'automne par la magie d'un coucher de soleil partagé sur Facebook qui a inspiré 3 auteures à tenter cette expérience originale :

Sans aucune consigne ni ligne éditoriale, elle a été écrite en passant de la plume d'une auteure à celle de l'autre au gré des vagues et des marées de leur imaginaire, devenant tour à tour auteures et lectrices.

Un grand merci à Jean-Jacques pour ses précieux conseils…

***

Rejoignez les auteurs sur leur page Facebook :
www.facebook.com/lesvaguesdelenfer

***

UN

Ingrid regardait par la fenêtre. La soirée était tiède, le soleil couchant magnifique, les couleurs changeantes de l'océan et du ciel entremêlé de nuages transparents et dorés donnaient au paysage un air irréel et féerique. Elle sortit sur le balcon, alluma sa cigarette et inhala la fumée avec satisfaction, jurant une nouvelle fois que celle-ci serait la dernière.

Le ciel était peu à peu devenu orangé sur fond rouge écarlate et la silhouette de la ruine de l'ancien Fort à l'horizon était comme embrasée par un feu soutenu par des vagues aux reflets sombres presque noires maintenant, mais toujours ourlées d'une écume blanche et caressante.

À moitié suédoise par son père et habituée à la fraîcheur revigorante des mers du nord, Ingrid n'y tint plus ; la soirée était trop belle et la mer trop envoûtante. Elle rentra, se déshabilla rapidement et mit son maillot de bain. Il fallait profiter de la chaleur de l'été, souvent trop court sur les plages du nord. Elle prit sa serviette de plage et sortit.

Sur le palier, elle faillit renverser le jeune homme qui habitait juste à côté et qui venait de gravir les escaliers.

— Oh bonsoir Julien, désolée de vous avoir bousculé, je m'en vais faire quelques brasses, la soirée est trop belle et trop chaude pour ne pas en profiter ! dit-elle avec un sourire espiègle tout en dévalant les escaliers.

Julien la regarda disparaître et soupira, Ingrid était une très jolie femme blonde aux yeux d'un bleu d'opale incroyablement soutenu, il l'admirait depuis longtemps, mais n'osait pas l'inviter ou lui avouer son penchant pour elle vu sa timidité maladive.

Il se décida donc à ouvrir sa porte et à rentrer, à la fois heureux de l'avoir rencontrée et déçu de ne pas avoir su lui dire un seul mot…

***

Le lendemain matin, alors que Julien s'apprêtait à sortir de chez lui pour se rendre à son travail, il entendit frapper à sa porte. Surpris par cette visite aussi matinale, il ouvrit cependant la porte et se trouva nez à nez avec une jolie jeune femme brune en robe de plage décolletée qui ne cachait pas vraiment ses attributs.

— Bonjour ! dit-elle d'un ton enjoué, désolée de vous déranger, mais je viens de sonner chez votre voisine Ingrid et elle ne répond pas. Je devais passer la prendre à 9 heures et je suis donc étonnée qu'elle ne soit pas là, peut-être l'avez-vous vue ce matin ?

— Eu… B-bonjour… N-non je ne l'ai p-pas vue ce ma-matin, répondit timidement Julien en bégayant.

Adriana était une amie très proche d'Ingrid. Elle ne se formalisa pas du bégaiement et de l'émotion du jeune homme et dit d'un air étonné et contrarié :

— Bizarre… si elle avait dû s'absenter, elle m'aurait certainement envoyé un texto ou m'aurait appelée… Bon, elle est peut-être allée à la boulangerie juste à côté ? Je vais attendre sur le palier, elle ne va sûrement pas tarder ! Pardonnez-moi de vous avoir dérangé !

Elle lui lança son plus beau sourire avant de se retourner et de s'asseoir sur les marches, son smartphone à la main.
Troublé, Julien ferma sa porte à clef, passa à côté d'elle et sortit de l'immeuble, encore imprégné par le charme de la jeune femme qu'il venait de rencontrer. En passant devant la boulangerie, il jeta un coup d'œil à l'intérieur, mais Ingrid n'y était pas…

Une bonne demi-heure passa. Adriana commençait à s'impatienter et à s'inquiéter. Où était donc passée Ingrid ? Elle sortit, traversa la rue et balaya du regard la plage encore presque déserte à cette heure-ci, mais pas d'Ingrid à l'horizon ! Pfff ! Que faire ? Elle appela le portable de son amie, mais n'eut pas de réponse. Adriana se retourna et leva le regard vers le balcon de l'appartement de son amie. La fenêtre était à moitié ouverte et oscillait légèrement au gré du vent. Intriguée, elle remonta à l'étage et essaya de l'appeler de nouveau sur son portable. Quelle ne fut pas sa surprise lorsqu'elle entendit la sonnerie du téléphone d'Ingrid à l'intérieur de l'appartement ! Ce n'était pas normal ! Ingrid ne se séparait jamais de son smartphone ; il était impensable qu'elle ait quitté son appartement sans l'emporter.

À cet instant précis, la bonne humeur d'Adriana s'envola d'un coup, un frisson la glaça et un mauvais pressentiment s'empara d'elle.
Sans hésitation, elle composa le numéro de Laurence, la sœur d'Ingrid, qui n'habitait pas loin de là, tout en essayant de se rassurer et de se dire qu'elle se faisait sans doute du mauvais sang pour rien…

***

L'inquiétude d'Adriana s'accentua. Laurence n'avait pas de nouvelles d'Ingrid depuis plusieurs jours et n'avait aucune idée de l'endroit où elle pouvait être. Mais où était donc passée Ingrid ?

Après avoir passé de nombreux coups de fil infructueux pour essayer de trouver son amie, Adriana essaya de se calmer en allant faire quelques pas sur la plage. Il était maintenant 11 heures, les touristes avaient pris possession du bout de plage qui restait. Avec la marée montante, la mer avait grignoté leur territoire et ne leur laissait plus qu'une étroite bande de sable doré à disposition.
Au loin, la sombre ruine de l'ancien Fort semblait faire le guet et surveiller le va-et-vient des estivants.
Ce n'était pas du tout dans les habitudes d'Ingrid de disparaître comme ça, bien au contraire. Elle postait souvent des statuts sur les réseaux sociaux du genre : « Je vais à la plage vous m'accompagnez ? » ou bien « Pfff ! Encore des courses à faire ! » Si elle avait dû s'absenter à l'improviste, elle aurait certainement prévenu quelqu'un et le fait qu'elle ait laissé son portable dans son appartement suscitait des interrogations. Non décidément il fallait s'inquiéter pour de bon !

D'un pas décidé, Adriana se rendit au poste de police à deux pas de la plage.

— Mais puisque je vous dis qu'elle a disparu, il faut absolument commencer des recherches ! s'impatienta-t-elle. Oui, je sais, elle est adulte et majeure et elle n'est pas tenue d'informer qui que ce soit de ses déplacements, mais je vous assure que ce n'est vraiment pas dans ses habitudes de disparaître comme ça sans prévenir et sans emporter son portable !
L'inspecteur qui lui faisait face prit un air désolé, mais lui confirma que sans l'ombre d'une preuve de disparition et dans la mesure où Ingrid Lindgren était adulte, il ne pouvait pas prendre en compte la déclaration de disparition.

— Madame Delorme, si votre amie n'est pas réapparue d'ici demain, repassez me voir, si possible avec un membre de la famille, pour le moment, je suis désolé, je ne peux absolument rien faire pour vous !
La conversation était close, rien à faire, la police ne voulait pas intervenir.

Elle sortit, dépitée et ne sachant plus que faire. Non elle n'allait pas rester là à se croiser les bras jusqu'au lendemain, c'était hors de question. Si Ingrid avait disparu, il devait bien y avoir une raison. D'un pas décidé, elle retourna à l'appartement de son amie, mais dut constater qu'elle n'était toujours pas rentrée. Elle fit le tour des magasins des environs, mais personne n'avait vu Ingrid depuis la veille.

Il y avait bien un ex petit ami d'Ingrid qui habitait non loin de là, mais leur histoire était terminée depuis quelques mois déjà. La rupture avait été difficile et houleuse, surtout de la part de Georges, mais il avait fini par se faire une raison et ne harcelait plus son amie. Adriana sonna à sa porte, mais personne ne vint lui ouvrir…

Ne sachant plus que faire, elle appela de nouveau Laurence et lui fit part de ses inquiétudes et de ses démarches. Sans hésitation, celle-ci décida de la rejoindre, elle avait un double des clefs de l'appartement d'Ingrid et il fallait absolument se rendre compte de la situation sur place, au plus vite. Dans l'appartement, tout laissait supposer qu'elle avait dû s'absenter seulement pour quelques instants. La fenêtre était ouverte, le portable posé sur la table du salon, mais surtout, son sac à main était posé là nonchalamment sur une chaise du vestibule avec à l'intérieur son portefeuille, ses papiers ainsi que son paquet de cigarettes ! Les deux femmes se regardèrent, incrédules. Ingrid avait disparu et toutes ses affaires étaient restées dans l'appartement. Leur désarroi et leur inquiétude étaient à leur summum lorsqu'elles entrèrent dans la chambre d'Ingrid ; de la petite culotte au pantalon en lin qu'elle avait porté la veille, tous ses vêtements étaient éparpillés là, en désordre sur le lit. Un des tiroirs de la commode était ouvert, c'était celui qui contenait ses maillots de bain et ses sous-vêtements.

Le regard des deux jeunes femmes se croisa de nouveau et elles comprirent aussitôt qu'elles avaient eu la même idée. Se pouvait-il qu'Ingrid soit sortie se baigner ? Mais alors pourquoi n'était-elle pas revenue ? La gorge serrée, elles ne réussirent à se dire un mot, ce n'était pas nécessaire d'ailleurs, toutes les deux pensaient au pire.

D'un commun accord, elles se précipitèrent vers le poste de surveillance de la plage. Si Ingrid était sortie nager, peut-être que les maîtres-nageurs du haut de leur tour de surveillance avaient vu quelque chose ?

DEUX

Après une explication un peu décousue auprès des sauveteurs, force fut de constater que rien d'anormal n'avait été signalé de leur côté.

Les baigneurs, déjà nombreux en cette fin de matinée d'août, plutôt venteuse, profitaient des rayons d'un soleil généreux, tandis que de plus téméraires, sur leur planche à voile, en scooter ou en Zodiac, s'aventuraient à l'horizon, ne faisant qu'un avec la silhouette du Fort délabré, à la recherche de sensations plus intenses.

La routine pour les maîtres-nageurs ! Juste un objet trouvé le matin dans le sable, et qui attendait son propriétaire.

En jetant un rapide coup d'œil sur la bague en question, car c'en était une, les yeux de Laurence s'arrondirent subitement ! Oui, il n'y avait pas de doute, cet anneau d'argent, gravé *Carpe Diem* à l'intérieur, appartenait bel et bien à sa sœur ! Jamais, elle ne s'en séparait, même sous la douche ; c'était comme un porte-bonheur, une nouvelle règle de vie, pour Ingrid.

Que s'était-il donc passé pour que cette bague se retrouve au poste de garde des sauveteurs ? Aurait-elle pu la perdre en batifolant comme à son habitude dans les vagues ? Vu les circonstances étranges de sa disparition, cela ne paraissait guère plausible.
L'inquiétude était à son comble pour les deux jeunes femmes ; une ombre d'incertitude très désagréable commençait à envahir leurs pensées.
Si Ingrid avait décidé de se baigner, ce ne pouvait être que la veille, et seulement le soir, puisque la jeune femme avait passé la journée au lycée, où elle préparait la rentrée en classe de soutien, là où elle enseignait les mathématiques.

Laurence et Adriana décidèrent de retourner à l'appartement pour tenter de réfléchir à un possible scénario de la soirée de la veille, et interroger le portable de la disparue.

Arrivées au pied de l'immeuble et en levant les yeux, elles aperçurent Julien, le charmant voisin d'Ingrid, qui fumait une cigarette sur la terrasse, en compagnie de deux autres personnes. Le jeune trio masculin, accoudé au balcon, observait avec un intérêt non dissimulé l'avancée des deux jeunes femmes qui ne laissèrent rien paraître de leur étonnement, mais s'en trouvèrent inconsciemment flattées en leur for intérieur.

Mais l'heure n'était pas à ces préoccupations !

***

Apparemment, une certaine Mathilda avait appelé Ingrid la veille à 12 heures 46. Ni Adriana, ni Laurence n'avaient entendu parler de cette femme, dont la seule indication dans le répertoire du portable était : « Guide ».
Guide ? Guide de quoi ? Un peu étrange, voire préoccupante, cette précision.

Bien sûr, elles décidèrent de l'appeler.

Quel ne fut pas leur étonnement lorsque cette Mathilda leur déclara : « Vous en avez mis du temps ! Je m'attendais à votre coup de fil. Rendez-vous à 22 heures 30 sur la plage, je vous reconnaîtrai ! » puis, elle raccrocha, laissant les jeunes femmes interloquées.

***

La nuit était maintenant tombée sur la plage presque déserte ; les étoiles et la Lune apprivoisaient la lanterne du sémaphore du vieux Fort, dans un ballet clignotant et silencieux. Adriana et Laurence s'installèrent en tailleur sur le sable en se demandant pourquoi cette inconnue leur avait donné rendez-vous ici, à pareille heure.
Les recherches à l'appartement ne leur avaient rien apporté de nouveau et elles commençaient à déprimer sérieusement.

En levant les yeux, elles furent littéralement subjuguées par la vision de cette femme qu'elles n'avaient pas vue, ni entendue arriver.

Mathilda était une grande et belle femme aux longs cheveux blonds qui encadraient un visage souriant ; trop souriant, peut-être ?

Un sourire figé, un regard pénétrant malgré la nuit, et une tenue très… particulière pour la saison, composée d'une combinaison de fourrure bleue rehaussée d'une ceinture multicolore à franges d'écailles ! Drôle de look, vraiment !

Une indéfinissable impression de malaise s'empara d'elles.

D'instinct, elles se redressèrent face à cette inconnue étrange qui leur tendait la main.

— À la nuit tombée, les réalités changent de visage, dit-elle sur un ton énigmatique. Je suis Mathilda Dumont. Votre amie Ingrid a été choisie depuis très longtemps et vous ne la reverrez plus jamais ici !

Stupéfaite et glacée devant la violence de cette déclaration, Laurence se jeta sur la femme, toutes griffes dehors.

— Qu'avez-vous fait de ma sœur, qui êtes-vous ??

Mathilda ouvrit alors la bouche et « quelque chose » d'indéfinissable s'échappa de ses lèvres, enveloppa Laurence et sembla la paralyser, dans une expression d'incrédulité et de terreur.

Adriana explosa alors de colère face à cette illuminée de Mathilda et la frappa de toutes ses forces au visage. Elle cogna, tapa, lui agrippa les cheveux… *qui lui restèrent dans les mains !*

Sous les yeux hébétés et terrorisés des deux jeunes femmes, maintenant serrées l'une contre l'autre d'effroi, et qui ne parvenaient à détacher leur regard de la scène, Mathilda se métamorphosa alors en une silhouette blafarde ; son corps sembla se dématérialiser et sa bouche commença à exhaler une étrange fumée blême qui l'enveloppa complètement dans des reflets de lune.

Adriana et Laurence auraient voulu courir, courir à perdre haleine, mais elles n'y parvenaient pas ; comme paralysées, les yeux focalisés sur la spirale infernale du spectacle.

— Vous devez cesser de lutter, vous n'êtes pas élues, et vous ne risquez rien si vous obéissez ! Ingrid se porte bien, mais vous ne la reverrez jamais, elle est l'élue, dit une voix étrange et monocorde, qui n'était plus celle de Mathilda.

La vision du cauchemar s'évapora dans un léger trait lumineux qui s'amenuisa en direction du Fort, laissant les deux jeunes femmes médusées et paniquées…

Soudain, la nuit reprit son cours, laissant Adriana et Laurence complètement ahuries après ce qu'elles venaient de vivre.
En se retournant, elles s'aperçurent qu'elles n'étaient pas seules sur la plage ; tout près, un couple d'amoureux n'en pouvait plus de s'embrasser ; plus loin, quelques guitares accompagnaient les voix de quelques noctambules de la mer.

Et personne ne paraissait avoir vu ce qui venait de se passer…

TROIS

Laurence et Adriana, dans un échange de regards, comprirent qu'elles avaient eu la même idée ; retourner à l'appartement d'Ingrid et appeler une nouvelle fois Mathilda.

Elles s'y rendirent en courant, sans dire un mot. Seule leur respiration haletante était perceptible et attisait la curiosité des quelques badauds restés étalés sur le sable encore tiède.

Enfin arrivées à l'appartement, essoufflées par leur course, elles composèrent le numéro de cet énigmatique personnage. Mais cette fois, seuls des grésillements désagréables

parvinrent à leurs oreilles, si fort qu'elles durent s'éloigner de l'écouteur.
Les yeux écarquillés, elles s'interrogeaient mutuellement : qu'était-ce donc que ce truc ? Laurence, visiblement sous le choc, prit la parole :

— Bon, là ce n'est plus drôle du tout, il faut appeler la police et leur raconter ce qui vient de se passer. Préparons-nous à ce que l'on nous prenne pour des illuminées. Comment allons-nous bien pouvoir leur raconter cela ? Je suis vraiment très inquiète pour ma sœur.

— Donnons-leur le numéro de téléphone de cette Mathilda Dumont ils pourront faire des recherches s'empressa de répondre Adriana avant d'afficher un visage terrifié en regardant Laurence !

Laurence porta rapidement ses mains à son visage, comme pour se rendre compte de ce qui pouvait autant effrayer Adriana...

— Que se passe-t-il ? Pourquoi me regardes-tu comme cela ?
— Mon Dieu, Laurence, tu ne sens rien ?

— Mais non à la fin, dis-moi ce qui se passe ! rétorqua-t-elle avant de s'empresser vers le miroir accroché au mur de l'entrée de l'appartement.

Ce que vit alors Laurence lui fit faire un bond en arrière. Ce n'était plus son visage, mais celui de Mathilda Dumont que lui renvoyait le miroir. Ce faisant, elle se tourna vers Ingrid et l'interpella d'une voix qui semblait venue d'outre-tombe :

— As-tu déjà oublié ? Nous devons cesser de lutter, nous ne sommes pas élues, et nous ne risquons rien si nous obéissons ! dit-elle avant de retrouver soudain son aspect physique normal.

À cet instant, les fenêtres s'ouvrirent et se mirent à battre si fort, qu'une tornade semblait s'être engouffrée dans l'appartement. Une scène hallucinante se déroula alors sous les yeux des deux jeunes femmes qui, tant bien que mal, tentaient de se protéger de leurs mains des objets de toutes sortes qui traversaient la pièce de toutes parts.

Il fallut attendre trois bonnes minutes, qui semblèrent une éternité, avant que tout redevienne enfin calme, à un détail près... Laurence et Adriana gisaient sur le sol, inconscientes.

La nuit passa ainsi, emportant dans ce qui semblait être un sommeil profond, les deux jeunes femmes.

***

Pour se rendre sur son lieu de travail, comme chaque jour, Julien, le voisin d'Ingrid, empruntait l'escalier commun. Il fut troublé ce matin-là de trouver la porte d'entrée de l'appartement de sa voisine entrouverte de si bonne heure. Il poursuivit toutefois son chemin et descendit les marches avant de sortir pour prendre sa voiture.

Tandis qu'il attendait que son vieux véhicule diesel se décide à démarrer, son regard balaya machinalement la façade de l'immeuble ; la porte de la terrasse d'Ingrid, toute grande ouverte l'intrigua.

Il se souvint de la visite, la veille, de la jolie jeune femme brune en robe de plage décolletée, qui s'inquiétait de l'absence de son amie.
Un doute l'assaillit alors. Bien qu'il ne fût pas spécialement en avance, comme toujours d'ailleurs, il remonta l'escalier pour aller se rendre compte d'une situation qui lui apparaissait fort étrange.

Arrivé devant ladite porte, il murmura d'abord le prénom d'Ingrid afin de l'interpeller. Sans réponse, il toqua à la porte qui, sous les coups de son poing, s'ouvrit davantage sur le chaos qui s'offrait maintenant à lui.

Il vit là, allongées sur le sol, inconscientes, Laurence la sœur d'Ingrid ainsi que la jeune femme brune rencontrée la veille. Il s'empressa de vérifier si elles étaient en vie avant de tirer de sa poche son téléphone portable et d'appeler les secours.

Alors que le SAMU et une flopée de policiers arrivaient sur les lieux, les deux femmes émergèrent lentement de leur « syncope » et en jetant un coup d'œil autour d'elles, elles furent totalement surprises par le désordre épouvantable qui les entourait. Elles n'avaient visiblement aucun souvenir de ce qui avait bien pu se produire et n'avaient plus en commun qu'une migraine insoutenable.

Un des policiers présents tenta d'obtenir une explication à tout cela. Il questionna ces dames encore comateuses, mais n'obtint aucune réponse.

Il se tourna alors vers Julien afin de le questionner à son tour. Ce dernier ne put expliquer que ce qu'il savait, c'est à dire bien peu de choses ; simplement que la veille, l'amie d'Ingrid venue lui rendre visite, semblait inquiète de ne pas avoir de nouvelles de son amie et que visiblement Ingrid n'était toujours pas présente.

Le policier parut très suspicieux face à de si maigres explications d'autant que le bégaiement de Julien semblait refléter une nervosité excessive. Il allait lui falloir bien autre chose à se mettre sous la dent.

Après un bref examen sur place, le médecin urgentiste préconisa d'emmener ces dames, qui se tenaient la tête de douleur afin, dit-il « d'en trouver l'origine ».

Laurence, interrogeant un à un les regards de toutes les personnes présentes, se mit alors à crier :

— Ingrid, Ingrid, mais où est Ingrid ? Que faisons-nous là chez elle ? Que s'est-il passé ici ?

Ce fut alors au tour d'Adriana de s'interroger...

— Mais qu'est-ce que je fais là moi ? Que s'est-il passé ici ? s'exclama-t-elle en s'adressant cette fois à Julien qu'elle reconnut et vers qui elle lança un drôle de regard, comme s'il en savait plus qu'il ne voulait bien en dire.

Il y avait au moins cela de positif, elles n'avaient perdu que partiellement la mémoire. Le policier laissa donc l'assistance médicale emmener celles qui étaient pour lui les actrices de cette bien curieuse affaire.
Il fut rejoint sur les lieux par l'inspecteur Filbot, maintenant chargé de « l'enquête » et qui n'était autre que l'officier de police qui avait pris note de la disparition d'Ingrid la veille. Julien, visiblement non impliqué, fut autorisé à partir pour son travail, garanti

d'être convoqué plus tard afin de faire sa déposition.

Que pouvait-il ajouter ? Il avait dit tout ce qu'il savait, pensa-t-il.

Comme ils ne disposaient encore que de peu d'informations, l'inspecteur et le policier Jeanfort, entamèrent un duo de soupirs consternés face à ce désordre sans_nom, dont ils espéraient tirer des enseignements.

— Moi j'vous l'dis chef, c'est une bien curieuse affaire, avança Jeanfort, les mains ramenées sur ses hanches, balançant la tête de gauche à droite à plusieurs reprises.

L'inspecteur Filbot, Benjamin de son prénom, scruta les alentours, s'imprégna de la scène, prit son petit carnet et commença à prendre quelques notes.

— Avec ça, nous voilà bien avancés, cela ressemble davantage à une soirée bien trop arrosée et la fameuse Ingrid est peut-être en ce moment même en bonne compagnie conclut-il !

Bien que le capharnaüm qui l'entourait le laissait perplexe ; sans plus de renseignements, Filbot ne put, pour le moment, que constater les ravages causés dans l'appartement de la jeune femme. Il lui fallait maintenant tirer d'autres informations auprès des jeunes femmes qui pour l'heure étaient hospitalisées.

QUATRE

Adriana et Laurence avaient de nouveau sombré dans l'inconscience alors que l'ambulance les emportait. Lorsqu'elles se réveillèrent dans leur chambre d'hôpital, elles ne savaient plus pourquoi elles étaient là ; mais la mémoire leur revint brutalement après quelques instants et la peur leur coupa le souffle.

— Adriana, qu'allons-nous bien pouvoir faire ? murmura Laurence, raconter ce qui nous est arrivé est impossible, jamais la police ne voudra nous croire, on nous ferait interner !

— Je ne sais pas Laurence, soupira Adriana, quand je pense à ce qui s'est passé, j'ai l'impression que tout cela n'était qu'un cauchemar. Es-tu sûre que nous avons bien vécu tout ça ? J'ai du mal à le croire moi-même alors de là à le faire croire à la police…

— Non, non et puis non, nous ne l'avons pas rêvé je te dis ! Aussi incroyable que cela puisse paraître, je suis certaine que c'était vrai, même si je suis incapable de l'expliquer ! Mais tu as raison, personne ne voudra nous croire. La seule chose à faire c'est de déclarer la disparition d'Ingrid sans mentionner l'épisode Mathilda, on nous prendrait pour des folles.

— Oui c'est la meilleure chose à faire Laurence et pour l'appartement dévasté nous dirons simplement que nous ne nous souvenons plus de rien, que nous avons probablement été droguées, que nous étions là pour vérifier si Ingrid était revenue et pour nous faire une idée du pourquoi de sa disparition.

À ce moment, la porte de leur chambre s'ouvrit laissant passer une infirmière et un médecin.

— Bonsoir Mesdames, dit l'urgentiste avec un sourire, d'après les examens que nous vous avons fait passer lorsque vous étiez inconscientes, il s'avère que vous n'avez absolument rien de grave. C'est probablement le choc qui vous a fait perdre conscience. Je n'ai aucune raison de vous retenir ici, vous pourrez rentrer chez vous dès demain matin. Ah oui ! j'oubliais, l'inspecteur Filbot vous demande d'aller le voir demain, dès que vous aurez quitté l'hôpital.

Les deux jeunes femmes étaient contentes de pouvoir passer la nuit à l'hôpital, se sentant un peu plus en sécurité et cela leur donnait aussi le temps de cogiter leur approche commune quant à ce qu'elles allaient raconter à Filbot.

La nuit fut calme et aucune Mathilda ne vint perturber leur sommeil.

***

Le lendemain matin elles allèrent immédiatement voir l'inspecteur Filbot et lui racontèrent ce dont elles avaient convenu, sans mentionner Mathilda ni les événements surnaturels qu'elles avaient vécus. Ce dernier leur posa certes des questions sur Ingrid, ses fréquentations, mais aussi au sujet de Julien ; il n'avait pas laissé tomber l'idée que ce jeune homme pouvait être impliqué d'une façon ou d'une autre dans la disparition d'Ingrid Lindgren.

Les recherches pouvaient maintenant commencer du côté de la police, la disparition ayant été confirmée. Mais par où commencer ? Le portable et l'ordinateur d'Ingrid avaient été saisis par les policiers ; ils allaient ainsi pouvoir commencer à recenser tous les numéros des appels qu'Ingrid avait reçus au cours des dernières semaines

Sur le chemin du retour, les deux femmes s'arrêtèrent devant l'appartement d'Ingrid. Elles scrutèrent à nouveau la plage, mais aucune trace de la disparue à l'horizon. Médusées, leur regard s'arrêta soudain sur une silhouette au loin qui leur glaça le sang ; tout portait à croire qu'il s'agissait de

Mathilda ! Sans réfléchir, elles se précipitèrent sur la plage. La marée était basse, la plage n'en finissait pas, plus elles couraient vers la silhouette et plus elle semblait s'éloigner.
Finalement, elles durent s'arrêter, essoufflées, se tenant les hanches, courbées en deux. Les vagues étaient à leurs pieds, la silhouette avait disparu comme engloutie par les vagues de l'enfer. Tout autour d'elles, les estivants ne s'étaient rendus compte de rien. Étaient-elles devenues folles ?

— Laurence, je n'en peux plus de cette situation, je suis en train de perdre la tête ! La raison me lâche, là !

— Calme-toi Adriana, tu n'es pas folle, j'ai vu aussi la silhouette de Mathilda, et je l'ai vue comme toi disparaître dans les vagues, tu n'es pas folle ! On ne peut pas avoir des hallucinations toutes les deux en même temps quand même !
Non, qu'on le veuille ou non, il se passe quelque chose d'étrange, de surnaturel. Nous sommes les seules à voir cette Mathilda, en tout cas personne sur la plage ne semble l'avoir vue à part nous.

— Oui, tu as raison Laurence, il faut que je réfléchisse calmement à toute cette histoire, il doit bien y avoir une explication. Je ne crois pas au surnaturel, aux démons, ni aux fantômes, il y a peut-être un moyen rationnel d'expliquer tout ça ! Ne devrions-nous pas laisser faire la police, attendre qu'ils mènent l'enquête à leur façon ? Ce sont des professionnels, ils vont certainement trouver des indices, quelque chose qui permettra de retrouver Ingrid ?

Laurence regarda Adriana droit dans les yeux, d'un air désappointé et attristé.

— Adriana, tu es la meilleure amie d'Ingrid et je suis la seule famille qui lui reste, crois-tu vraiment que nous devrions rester les bras croisés à attendre que la police avance dans ses recherches ? Tu me déçois beaucoup si c'est ce que tu comptes faire. Pour ma part, je vais mener ma petite enquête parallèle, à toi de décider si tu veux te joindre à moi ou si tu préfères t'abstenir. Je ne t'en voudrai pas, je peux comprendre que ce qui nous est arrivé ces derniers jours ait pu t'effrayer et que tu ne veuilles pas poursuivre !

Adriana se rendit compte que Laurence la prenait pour une amie indigne et pour une lâche ; elle-même ne s'expliquait pas pourquoi elle avait voulu laisser tomber les recherches… ce n'était pas du tout son genre et cela ajouta encore à l'inquiétude dévorante dont elle était l'objet.

— Non bien sûr Laurence, excuse-moi, je ne sais pas ce qui m'a pris ! Je suis avec toi, nous continuons ensemble les recherches et nous ne laisserons ni Mathilda ni personne nous détourner de ce chemin !

Épuisées, Laurence et Adriana rentrèrent chez elles. Elles avaient convenu de reprendre leur enquête dès le lendemain matin. Toutes deux posèrent quelques jours de congé auprès de leur employeur en invoquant un problème familial urgent à régler.

***

À huit heures du matin, après une nuit agitée, les deux complices étaient de retour sur le pas de la porte de l'appartement d'Ingrid. Elles voulaient continuer ce qu'elles avaient commencé : fouiller de fond en comble l'appartement pour trouver des indices ! La police avait certes déjà fouillé dans les décombres, mais comme elle n'avait pas posé de scellés… qui sait ? Elles connaissaient bien Ingrid et ce qui pouvait sembler anodin aux policiers pouvait avoir de l'importance pour elles.

À peine étaient-elles entrées qu'on frappa à la porte. Étonnée, Laurence ouvrit la porte avec méfiance et se retrouva nez à nez avec Julien.

— Dé-désolé de v-vous dé-ran-ranger, bégaya-t-il, a-avez–vous des nou-nouvelles d'Ingrid ?

Elles le firent entrer et lui dirent qu'elles n'en avaient malheureusement pas, mais que la police avait maintenant pris les choses en main.
Julien leur raconta, tant bien que mal, en bégayant qu'il avait été convoqué par l'inspecteur Filbot, mais qu'il n'avait rien pu ajouter à sa déposition. Il n'avait pas revu Ingrid depuis le soir où elle était partie nager.

— Comment !? s'exclama Laurence, elle est allée nager le soir de sa disparition ?

Et vous nous le dites seulement maintenant ! C'est important ça ! L'avez-vous signalé à la Police au moins ?

Rouge comme une pivoine, bégayant encore plus, Julien confirma qu'il l'avait bien dit à la police, mais qu'il n'avait pas pensé à le leur dire l'autre jour et qu'il en était désolé.
Prises de pitié pour ce pauvre garçon, bien mignon et sympathique d'ailleurs, elles lui dirent que ce n'était pas grave, mais que c'était très important de connaître le point de départ pour être à même de mener à bien leurs recherches.

Étonné d'entendre que les deux femmes voulaient faire des recherches de leur côté et pour se faire pardonner, il leur proposa son aide. Adriana et Laurence se concertèrent, et d'un commun accord décidèrent de faire confiance à ce jeune homme qui semblait si ingénu et désireux de les aider. Elles lui contèrent alors toute l'histoire, Mathilda incluse.

Plus elles avançaient dans leur récit, plus Julien ouvrait de grands yeux incrédules. Quand elles eurent terminé, le silence s'installa pour quelques minutes.

Finalement Julien, d'une voix tremblante prit la parole :

— Votre hi-histoire e-est in-incroyable ! Je-je ne s-sais qu'en pen-penser. M-mais e-en réfléchissant à l'au-autre soir il m-m'a en effet semblé en-entendre Ingrid parler à qu-quelqu'un dehors. U-une v-voix de femme… m-mais je n'y a-ai pas a-attaché d-d'importance sur le mo-moment.

Ce que venait de leur dire Julien corroborait leurs suspicions et leurs craintes en furent exacerbées. À trois, ils fouillèrent un peu partout. L'ordinateur d'Ingrid avait été confisqué par la police, mais Adriana trouva dans la trousse de maquillage d'Ingrid une clef USB ! Drôle d'endroit pour mettre cet objet ! Intriguées, elles allèrent dans l'appartement de Julien pour vérifier ce qu'elle contenait sur l'ordinateur de ce dernier. La carte mémoire contenait des tas de fichiers au format PDF, dont un qui était nommé « Les Élus » …

Laurence prit la place de Julien au bureau et ouvrit nerveusement le fichier en question.
Et ce qu'elles virent n'atténua en rien leur inquiétude !!

CINQ

Le fichier PDF s'ouvrait sur ce titre :

Élu 691, l'an 189 Post Adventum

Tout cela était incompréhensible ! Leurs yeux s'arrondirent encore davantage devant la photo qui suivait ! Comment était-ce possible ?
Georges, oui, Georges, l'ex petit-ami d'Ingrid, vêtu d'une combinaison de fourrure bleue rehaussée d'une ceinture multicolore à franges d'écailles ! Exactement la même tenue que portait Mathilda, ce fameux soir où elle leur avait donné rendez-vous sur la plage !

Aucun doute, les filles reconnurent parfaitement l'ex-ami d'Ingrid et son allure d'Adonis aux cheveux blonds comme les blés ! Mais que diable avait-il à voir avec cette histoire ? Et cet étrange accoutrement ? Pourquoi ?

Sur la photo, il était agenouillé au fond d'un bateau, les bras en croix, le visage levé vers… ce qui semblait bien être la rampe d'accès au vieux Fort, d'après les souvenirs de Laurence qui l'avait visité, avant qu'il ne soit fermé au public. Sur la photo suivante, plus aucun doute ne subsistait dans l'esprit des jeunes femmes, il s'agissait de Georges !
Le visage incliné, en position d'humilité, il faisait face à une assemblée de trois personnes dont on ne pouvait définir les contours du visage et vêtues d'une sorte de toge vaporeuse sur laquelle s'étalait un collier de pierres bleu azur très particulier.

La troisième photo était magnifique, voire envoûtante, pour l'œil d'un amateur de beaux clichés ! C'était la nuit, Mathilda, altière et féline, tenait la main de Georges, qui la regardait d'un air éperdu. De leurs mains réunies semblait jaillir un éclair bleu, qui scintillait en même temps que les fameux colliers de l'assistance qui observait la scène !

Le trio était comme aspiré par la photo, envoûté par l'éclat bleu des pierres du bijou. Que pouvait signifier tout cela ? Une sorte de cérémonie d'intronisation ? À quelle fin ? Où était passé Georges ? Adriana se souvint être passée chez lui en cherchant Ingrid, à tout hasard ; il n'y était pas…

La photo les interpellait, les appelait, peut-être. Les interrogations allaient bon train entre les filles, sous le regard un peu perdu d'un Julien, plus pâle qu'un linge ! Lui ne connaissait pas Georges et ne pouvait donc l'avoir reconnu.

Soudain, mû par on ne sait quelle énergie, Julien s'adressa aux filles, d'une voix étrangement monocorde et… féminine ! qui ne leur était pas inconnue et qui ne bégayait pas :

— Vous ne reverrez plus jamais Ingrid, elle est la 692e élue ! Vous devez renoncer ; vous ne l'avez jamais connue !

Adriana semblait happée à la fois par l'étrangeté de la voix de Mathilda-Julien, l'éclat bleu vif qui émanait de la photo, et par le contenu du message qu'elle venait d'entendre. Seule, Laurence eut la sagesse de ne pas se retourner vers Julien, de fermer les yeux pour ne pas être emportée par la lumière vive de la photo ; elle était certaine que le visage de Julien avait pris l'apparence de celui de Mathilda. Elle commença à chanter à tue-tête « Dans les prisons de Nantes » ; seule chanson qui lui vint à l'esprit, en se bouchant les oreilles du mieux qu'elle put !

Quelques instants plus tard, Julien, hagard, écoutait avec grand étonnement Laurence, toujours occupée à chanter de toutes ses forces et les yeux clos, les mérites du prisonnier nantais. Que lui prenait-il donc, pour avoir envie de chanter de la sorte ? Laurence se rendit compte du tragi-comique de la situation et devina que la tentative d'hypnose avait pris fin. Elle raconta brièvement ce qui venait de se passer et Julien de s'exclamer, le regard affolé :

— Mais, je-je vous ju-jure que je n-n'ai rien d-dit ; je-je re-regardais la pho-photo !

Bien sûr, ce pauvre garçon venait d'être manipulé ; cela ne semblait faire aucun doute. Le regard d'Adriana paraissait toujours absent et elle restait silencieuse ; elle se leva soudain et prétexta un mal de tête pour déclarer qu'elle allait rentrer ; elle salua Julien et Laurence, avec le sourire de ceux qui ont passé un bon moment, mais… tout a une fin, n'est-ce pas ?

Elle venait tout bonnement d'oublier la disparition d'Ingrid et les singularités de l'affaire ! Passant devant l'écran de l'ordinateur, elle s'exclama que la photo était vraiment superbe et que le photographe avait bien du talent !

Laurence et Julien ne pouvaient laisser la jeune femme dans cet état second. Laurence, à mi-chemin entre colère incrédule et compréhension indignée, eut la présence d'esprit de lui demander si par hasard elle avait des nouvelles de sa sœur, Ingrid.
Adriana marqua un temps d'arrêt, sembla chercher au fond de sa mémoire, plissa les yeux, recommença à se concentrer… puis se mit à pleurer à chaudes larmes ! Elle redevenait consciente, enfin !

— Que s'est-il passé ?? Je me souviens de la photo, la belle photo et l'éclair bleu.

***

Autour d'un petit remontant, après cette éprouvante scène, Julien, littéralement vautré dans le canapé, et encore très troublé, parvint à dire aux jeunes femmes, avec force bégaiements, que ce Fort l'avait toujours intrigué. C'était d'ailleurs pour cette raison qu'il avait cherché à en savoir plus sur son histoire. Le jeune homme avait emménagé dans son appartement l'année qui avait suivi l'arrêt des visites, et il le regrettait.

La version officielle attribuait au Fort un danger potentiel d'éboulement d'une partie du mur d'enceinte ; pourtant, d'autres bruits autrement plus étranges circulaient à ce sujet. Une histoire étrange sur fond d'alcool…
En effet, Pedro, un pêcheur arrivé du Portugal avec beaucoup d'autres dans les années 50, pour fuir la dictature de Salazar, était entré un jour de mauvais vent dans le bistrot de la Marine avec un visage plus blanc que ses cheveux et une bien étrange histoire qu'il eut le plus grand mal à narrer.

Il rentrait au port, au tout petit jour. Le temps était clair et la brise légère.
Ses yeux noirs reflétaient l'effroi qu'il ressentait en arrivant au café.

— « *Caralho* » !! Une vague énorme, loin devant, vers le Vieux Fort, et je vous jure qu'elle s'est soulevée, a englouti le Fort et qu'elle l'a recouvert pendant au moins 30 secondes, sans retomber ! Comme une couverture ! Quand la vague est retombée, le Fort était bleu ! Oui, comme je vous le dis, le Fort était bleu et lumineux ! Ça a duré au moins une minute !

— Holà, le Portos ! T'en as avalé combien pendant ta marée ?

Quelques calvas plus tard, personne n'accorda plus aucune importance à l'histoire de Pedro, et chacun des autres marins ayant apporté sa contribution à le railler, il n'osa plus jamais en reparler sérieusement. L'histoire resta cependant dans les mémoires des pêcheurs comme une fameuse « brûlée » prise par le Portugais, un jour de pêche.

Il faut dire que Pedro avait connu quelques difficultés à s'intégrer aux autres pêcheurs de ce coin de France ; il lui avait fallu bien du courage, de la ténacité et une farouche envie de se bagarrer pour gagner sa place et son droit de pêche. On dit encore qu'il avait fait du calva une amie fidèle…

— Ragots de marins soiffards ! renchérit Adriana avant de prendre conscience qu'elle avait elle-même été témoin de l'impensable.

Dans une grande inspiration, elle porta ses mains à sa bouche, noyant son regard dans celui de Julien, elle s'exclama dans un long soupir :

— Tu as raison Julien ! Tu as raison ! Dis-nous tout ce que tu sais de cette histoire ; c'est cette piste que nous devons suivre ! Tout ceci a trop de similitudes avec ce que nous avons vécu ces derniers jours.

Le visage du jeune homme sembla s'éclairer. Lui qui, enfermé dans la timidité qui l'habitait, n'avait guère l'occasion de si charmante compagnie se sentit le centre d'intérêt d'une histoire pour laquelle il semblait se passionner. Il se leva d'un coup.

De sa bouche si peu ouverte, trop de mots s'empressaient de vouloir sortir en même temps. Ce qui eut pour effet d'attirer Adriana et Laurence dans un fou rire à peine contenu. Il stoppa sa quête le temps d'un regard vers elles, puis s'écria :

— J-j'ai un-un livre sur le-le su-sujet !

Il sortit de sa bibliothèque une sorte de journal dans lequel s'entassaient toutes sortes de feuilles volantes, illustrations et autres gribouillis, le tout réalisé à la main.

Adriana s'en empara, remarquant au passage l'impressionnante quantité de livres que possédait Julien, elle brandit le journal jusqu'au-dessus de son visage, s'exclamant :

— C'est ça que tu appelles un livre ? Que veux-tu que nous fassions avec ça ? Ce ne sont que de vulgaires notes.

— N-non n-non ! Re-regardez ! poursuivit-il en reprenant l'objet.

Il expliqua, en deux temps, qu'il tenait tout ceci de son oncle. Il ajouta d'ailleurs que son installation dans l'immeuble n'avait rien de si étranger à cette soi-disant légende. En effet, il avait hérité de l'appartement à la mort de ce dernier. Celui-ci ne s'était jamais remis du départ soudain de son épouse sans jamais avoir eu aucune explication. Il avait noyé son chagrin dans l'alcool et avait malheureusement fini ses jours dans un hôpital psychiatrique.

Les notes étaient donc celles laissées par cet oncle devenu fou aux yeux de tous pour avoir… Julien se tut un instant. Il semblait possédé de l'intérieur. Sa bouche, bée, n'articulait plus rien. Adriana et Laurence le regardèrent, les yeux hagards.

— Julien, Julien ! le bouscula Laurence ; tu vas bien ?

Le souffle lui revint comme pour cracher un nom :

— Mathilda ! Ma mère m'a dit que peu de temps avant sa mort il répétait sans cesse Mathilda ! bafouilla-t-il avant de plonger à nouveau dans ses pensées.

C'est Laurence, cette fois, qui retira délicatement le journal de l'oncle, des mains de Julien. Elle en sortit les pages, doucement, mais de façon désordonnée, comme si elle s'attendait à ce que quelque chose de flagrant lui donne une indication pour retrouver sa sœur.

Penchée au-dessus de son épaule, Adriana posa soudain la main sur la sienne pour interrompre sa recherche lorsqu'un croquis de femme apparut. De longs cheveux blonds encadraient ce visage dont les traits ne leur étaient pas inconnus. Elles furent prises de frissons.

Julien, encore dans ses pensées, les entendit l'appeler tour à tour :

— Julien ! Julien ! c'est elle, c'est Mathilda ! ton oncle n'était pas fou Julien !

SIX

    Le calvaire de cet oncle malheureux, terrassé par la tristesse, non seulement à cause de la disparition de sa femme, mais aussi des railleries dont l'accablait sa propre famille qui le tenait pour fou et trop orgueilleux pour s'avouer abandonné, prenait à cet instant, pour Julien, toute sa signification. Le pauvre homme ! Lui qui n'avait pas eu la chance d'avoir d'enfant avait tout légué à ce neveu timide et bégayant pour lequel il avait tant d'affection.

Adriana et Laurence eurent conscience de cette tristesse et dans un geste de tendresse étreignirent un instant Julien avant de reprendre plus posément la lecture du journal de l'oncle.

Julien sortit de sa torpeur.

— Pou-pour lui, pour mon oncle, il-il faut retrouver I-Ingrid. Nous devons comprendre ce qui se pa-passe ici ! lança-t-il en bredouillant.

Il se joignit à ses deux nouvelles amies dans leurs investigations et s'attela à essayer de déchiffrer avec elles les notes de son oncle.

685 Marie 685 Marie 685 Marie
Une page entière était remplie par ce nombre 685 suivi du prénom de Marie.

— Tu connais une Marie ? demanda Laurence en s'adressant à Julien.

— Oui, c'est le prénom de ma tante, l'épouse disparue de mon oncle Christian

— Dis-moi Julien, poursuivit-elle, tu as déjà lu ce journal n'est-ce pas ?

— Oui, seulement, je n'avais rien qui puisse me mettre sur une piste. Maintenant que nous avons découvert la clef USB, les photos et votre récit, je peux faire un rapprochement entre ces disparitions. Regarde dans l'enveloppe bleue, mon oncle y a rangé un article qui raconte l'histoire de ce Pedro.

Effectivement, l'oncle Christian semblait bel et bien avoir répertorié tout ce qu'il savait dans ce journal. L'article se limitait à confirmer ce que racontaient déjà les habitants du village au sujet de ce qu'avait pu voir ce fameux Pedro.

Plus loin, une nouvelle page caviardée et surchargée par les annotations de Christian révélait que celui-ci avait recueilli les informations fournies par le petit-fils de Pedro, un certain Manuel. Il y raconte que, toute sa vie durant, son grand-père a lui aussi essayé de savoir ce qui avait pu se passer sur le Fort. Il est écrit que Pedro lui rebattait les oreilles avec une femme qui l'avait menacé de mort s'il revenait sur le Fort, mais que cela ne l'avait jamais empêché d'y revenir chaque soir. Pedro mourut de sa belle mort à l'âge de 92 ans. Une information qui se révéla importante pour les trois nouveaux complices :

Peut-être allaient-ils pouvoir enquêter sans s'inquiéter des menaces de Mathilda !

La journée venait pratiquement de s'écouler sans qu'aucun n'ait pris conscience du temps. Julien avait complètement zappé sa journée de travail. Personne ne s'en était inquiété, ni son patron ni ses collègues.

***

Afin de grignoter quelque chose, Adriana et Laurence proposèrent une pause au « bar du Fort » juste à côté.

Tandis que Julien prenait une douche, elles firent le point sur ce qu'elles venaient d'apprendre.

— La légende n'était pas une légende. Leur raisonnement par rapport aux numéros 692 et 691, en tenant compte maintenant de la disparition de *Marie 685* leur laissait supposer que cinq autres disparitions devaient être répertoriées quelque part. C'est sur cela qu'elles allaient s'attarder dans un premier temps : trouver des disparus !

Du fond du hall de l'appartement, une voix discrète bredouilla quelque chose, à peine audible. Laurence tourna la tête dans cette direction et rétorqua doucement :

— Tu as dit quelque chose Julien ?

Des pas arrivèrent alors lentement, mais lourdement vers le salon où se trouvaient assises les deux jeunes femmes. Elles sursautèrent en duo et, dans un léger coup de reins, leur corps se plaqua au dossier de leur fauteuil avant de se détendre à nouveau.

Julien apparut à leurs yeux ébahis, marmonnant quelque chose qu'aucune d'elles ne comprenait. Il parlait la brosse à dents dans la bouche, ce qui n'arrangeait rien, surtout pour lui. Le bas de son corps enveloppé dans sa serviette de bain laissait apparaître une musculature pour le moins attirante. Sans ses lunettes et les cheveux humides décoiffés, le brave Julien faisait subitement figure d'Apollon. Se rendant compte de sa presque nudité, Julien rougit et fila se rhabiller sans terminer sa phrase !
Adriana et Laurence échangèrent un regard qui en disait long. Elles eurent à peine le temps de s'attarder sur ce qu'elles venaient

de découvrir que Julien fit sa réapparition, vêtu de son pull jaune moutarde sur sa chemise à carreaux bleue et de son vieux jeans. La raie de son crâne parfaitement dessinée, le nez habillé de ses lunettes has-been, il s'exprima :

— Et-et v-vous savez s-si Georges a des-des enfants ?

Un des sourcils d'Adriana se souleva, tandis que Laurence, toujours sous le choc de ce qu'elle avait vu, ne semblait plus pouvoir fermer sa bouche. Enfin, elles se reprirent ensemble. Adriana demanda :

— Quel rapport veux-tu faire Julien ?

Laurence reprit à son tour :

— Ce n'est pas bête, en effet, nous avons peu d'éléments, mais, effectivement, Ingrid n'a pas d'enfant, Georges et Christian non plus, mais ton oncle Christian n'a pourtant pas été enlevé alors que ta tante Marie oui… Mais ce n'est peut-être pas une piste à négliger, il y a peut-être une raison. Notons-le !

Les trois amis se regardèrent, la même pensée traversa leur esprit au même instant : aucun d'eux n'avait d'enfant ! Est-ce que cela voulait dire qu'ils étaient eux aussi en danger ? Pedro, le marin portugais, avait mené son enquête et il n'avait pas été enlevé, il avait survécu, mais lui avait bien un enfant. Christian était devenu fou, mais malgré le fait qu'il n'avait pas d'enfant il n'avait pas disparu. Finalement, cette hypothèse ne semblait mener à rien.

— Restons quand même sur nos gardes, murmura Adriana avec un filet de voix à peine audible, il faut absolument que nous n'entreprenions rien sans nous concerter, seuls nous serions certainement en grand danger… Je vais rester dans l'appartement d'Ingrid cette nuit et probablement les prochains jours tant que nous n'aurons pas élucidé ce mystère, ainsi nous serons plus proches les uns des autres en cas de besoin.

Ils partagèrent donc un rapide dîner à la brasserie du Fort puis, exténués, avec un dernier regard anxieux, les trois amis se firent la bise et se quittèrent, le cœur lourd et avec beaucoup d'anxiété au creux de l'estomac.

***

L'inspecteur Filbot et son second le policier Jeanfort n'avaient entre-temps pas avancé d'un pouce. Ils avaient interrogé tous les amis et connaissances d'Ingrid qui se trouvaient répertoriés dans les contacts de son téléphone. Certains n'étaient pas joignables, mais Jeanfort s'activait à rechercher leurs coordonnées par tous les moyens légaux dont il disposait. Un seul numéro n'existait plus, celui qui était répertorié sous le nom de Mathilda… Ce nom ne lui était pas inconnu…

Le flair de l'inspecteur Filbot lui faisait rarement défaut et quelque chose le poussait à concentrer ses efforts pour essayer de retrouver cette Mathilda qui pouvait bien être « la Mathilda » qu'il recherchait depuis de longues années. Mais par où commencer ? Aucun de ceux qu'ils avaient réussi à joindre ne semblait la connaître. Il ne restait que 4 personnes qu'ils n'avaient pas encore réussi à joindre, parmi lesquels l'ancien petit ami d'Ingrid, un certain Georges Donaldson, un homme d'une quarantaine d'années d'origine écossaise. Il faisait partie du personnel du port de Boulogne-sur-Mer en tant qu'électrotechnicien. Or, personne ne l'avait vu depuis plusieurs jours et il n'avait pas donné signe de vie à ses employeurs. Qu'est-ce que tout cela voulait dire ? se demandait l'inspecteur Filbot. S'agissait-il d'une coïncidence ? Deux hypothèses étaient, à ses yeux, envisageables en l'état actuel de ses investigations : soit Georges était le ravisseur, soit il était mêlé d'une façon ou d'une autre à la disparition d'Ingrid. L'affaire s'avérait être plus compliquée que prévu et le ramenait inexorablement à cette enquête qui lui avait été confiée il y a longtemps déjà et dont il n'était toujours pas venu à bout. Enfin une piste, peut-être…

***

Adriana s'était installée aussi confortablement que possible dans l'appartement d'Ingrid pour y passer la nuit. La soirée était belle, le temps très doux. La plage vue du balcon de l'appartement était lumineuse avec un beau clair de lune. Elle n'avait pas sommeil, Mathilda encore dans la tête, et Julien qui hantait son esprit. Elle pensait justement à lui lorsqu'elle l'aperçut en bas sur le trottoir. Il marchait lentement sur l'esplanade de la mer le regard perdu vers l'horizon. Il s'arrêta et s'assit sur un banc, sortit un paquet de cigarettes de la poche de son jeans puis se ravisa et le remit à sa place. Perdu dans ses pensées, il ne se rendit pas compte qu'Adriana s'était approchée de lui. Lorsqu'elle s'assit à côté de lui, Julien sursauta imperceptiblement, mais se montra ravi lorsqu'il la reconnut. Ils discutèrent pendant une bonne heure de choses et d'autres. Un vent frais fit finalement frissonner Adriana, Julien s'en rendit compte et lui proposa timidement de continuer la conversation chez lui. Son bégaiement était de moins en moins perceptible au fur et à mesure qu'il prenait confiance en lui. Adriana accepta avec un grand sourire et il fallut juste encore un ou deux verres de Baileys pour venir définitivement à bout de la timidité de Julien.

La nuit fut tendre et Julien s'avéra être attentionné et soucieux de satisfaire les attentes de sa compagne. Adriana était aux anges, le corps musclé aux senteurs de santal de Julien lui faisait tourner la tête.

Elle oublia tout autour d'elle, leurs deux corps ne faisant plus qu'un, hors du temps et de la réalité ; pourtant, une lueur bleutée avait peu à peu envahi la chambre sans qu'ils ne s'en rendent compte. Leur esprit s'embrouilla et tous deux s'endormirent soudainement, emportés dans un rêve qui n'en avait que l'apparence, entraînés dans un cauchemar commun auquel ils ne parvenaient pas à échapper.

SEPT

Le lendemain matin, ils s'éveillèrent enlacés, frigorifiés, tremblants. La fenêtre était grande ouverte et les battants frappaient les murs de la chambre au rythme erratique des courants d'air. Le temps avait changé, le ciel était gris et une pluie fine et régulière avait remplacé le soleil de la veille.

Adriana et Julien avaient fait le même rêve, ils avaient été emportés par un nuage bleu et lumineux dans les profondeurs de la mer vers un endroit qui semblait être une immense grotte souterraine. Là des centaines de personnes au visage angélique travaillaient, vivaient, animées par une force, une volonté à laquelle elles ne semblaient pas pouvoir se soustraire. Toutes, sans aucune exception portaient le même collier de pierres bleues.

Les deux amants ne savaient que penser de ce rêve commun. Était-ce vraiment un rêve ou bien qu'était-ce ?

— Julien, j'ai peur, murmura Adriana, que nous arrive-t-il ? Quelle est cette force qui prend possession de nous et pourquoi ?

— Je n'en sais rien, répondit Julien un peu hébété, j'ai comme l'impression que ce n'était pas un rêve, c'était bien trop réel et nous nous en souvenons tous les deux dans les moindres détails. Je suis certain que tout cela est lié à Mathilda et à la disparition d'Ingrid ! Il faut absolument que nous retrouvions Manuel, le petit-fils de ce Pedro. Peut-être a-t-il d'autres informations laissées par son grand-père qui pourraient nous éclairer. Les feuillets que nous avons épluchés hier, ensemble avec Laurence, mentionnaient un petit village Portugais au nord d'Albufeira. Je vais faire des recherches sur Internet.

Adriana regarda Julien d'un air étonné et incrédule. Julien n'avait pas bégayé une seule fois depuis leur réveil ce matin, il semblait maintenant un autre homme, sûr de lui, déterminé et beau comme un dieu !

***

Laurence était lasse et commençait déjà à s'inquiéter de l'absence d'Adriana, lorsqu'elle arriva à l'appartement d'Ingrid, les croissants à la main, aux alentours de 9 heures.
Un frisson d'incertitude lui parcourut le dos… au moment où la porte de Julien s'ouvrit, laissant apparaître une Adriana, fort peu vêtue, fatiguée, mais illuminée d'un sourire qui ne laissait aucune place au doute !!

— Quoi ? Ne me dis pas que…

— Ouiii, houuu, quelle nuit ; il est… mais chuut, je te raconterai… », murmura Adriana d'un air coquin.

Laurence entra et salua un Julien à peine embarrassé ; en lui faisant la bise elle reconnut immédiatement le parfum très féminin qui émanait de sa peau.

Avant d'aller doucher son corps décidément svelte et athlétique, Julien servit une tasse de café aux deux jeunes femmes, puis disparut, en sifflotant, dans la salle de bain !

Les filles se regardèrent en étouffant un rire admiratif pour la prestation musicale du jeune Apollon. Adriana s'empressa de raconter à Laurence avec moult détails la nuit torride qu'elle venait de passer, puis le rêve étrange et visiblement partagé à deux où des gens au collier de pierres bleues, silencieux et aux visages épanouis, évoluaient quelque part dans une grotte au fond des eaux…

Laurence arrondissait les yeux d'effarement. L'inquiétude de la disparition de sa sœur lui cernait les yeux et elle était lasse de chercher encore et encore, sans jamais découvrir de piste valable.

***

Les trois amis s'installèrent au fond d'un canapé moelleux et tentèrent de reprendre le cours de l'histoire en réfléchissant à ce qu'ils allaient tenter.

— Mon oncle Christian n'était pas fou ; nous le savons aujourd'hui ! Ce n'est pas un hasard s'il a rassemblé autant de détails sur cette histoire ; il a cherché des explications lui aussi. Et si son épouse Marie était bien la 685e personne à avoir rejoint les « élus » comment se fait-il que l'absence de toutes ces personnes n'ait jamais été signalée, analysée et expliquée de façon rationnelle ? déclara Julien, avec force et détermination dans la voix et sans aucun bégaiement.

— Souvenons-nous que nous n'avons pas tout avoué à Filbot, nous non plus ! Peut-être que les gens concernés ont eu peur, comme nous actuellement. Et si chaque personne qui recherchait un disparu avait été enlevée à son tour ? Ce pourrait être le lien ; ça expliquerait pourquoi l'affaire n'a jamais été élucidée…

Une impression très désagréable s'empara de la pensée d'Adriana, rejointe immédiatement par Laurence et Julien, qui venaient tous de comprendre au même instant qu'ils pouvaient être potentiellement en danger, puisqu'eux aussi recherchaient leur amie disparue !

Oui, mais Mathilda leur avait dit qu'ils ne risquaient rien…

À cet instant de leur questionnement, un courant d'air souleva les rideaux et la porte-fenêtre du balcon se ferma brutalement. Surpris, Julien allait se lever pour fermer la fenêtre de la chambre restée ouverte, quand une volute bleutée s'échappa en virevoltant du miroir de l'entrée, comme pour attirer discrètement son attention.

Figé par l'effroi, il ne put que subir la situation sans que les filles y prêtent attention. Comme un automate, il se dirigea droit vers le vestibule, vers la silhouette matérialisée d'une femme blonde qui venait d'apparaître et qui ressemblait étrangement au portrait du livre de son oncle Christian.

— Je suis Mathilda, proféra-t-elle, personne ne sera plus jamais enlevé si vous obéissez ; Ingrid est la 692e ; elle est l'ultime disparue. N'entravez pas notre volonté, les spécimens de votre race vont disparaître à jamais !

Pendant cette scène ahurissante, Adriana et Laurence étaient toujours installées au salon, inconscientes de la situation, et cherchaient sur un réseau social la piste de Manuel, petit-fils de Pedro, le pêcheur.

— Il y a bien un Manuel Alvares de Sousa, mais il est à Porto, et paraît trop âgé, quand même. En revanche, il y a un Manu Alvares à Albufeira ; on a envoyé une demande d'amitié sur Facebook, histoire de le contacter ? Qu'en penses-tu, Julien ? lança Laurence.

— Bon-bonjour, mes-mesdames ; que fai-faites-v-vous là ? Qu-que pui-puis-je f-faire pour v-vous ?

Surprises, Adriana et Laurence se retournèrent brusquement et aperçurent un Julien, droit comme un I, le visage livide et sans aucune expression de lucidité. Elles échangèrent un regard furtif et firent tout à coup le rapprochement entre le claquement étonnant de la porte-fenêtre et l'éloignement un peu long de Julien. Adriana se leva d'un bond, suivie de Laurence, elle prit la main de Julien et tenta de le rassurer. Il venait d'être manipulé, cela ne faisait aucun doute ; elle tenta de l'amener à réagir. Rien n'y fit !

— Julien, Julien, réveille-toi ; tout va bien. Que s'est-il passé dans le couloir ?

Julien paraissait tout à fait incapable de revenir à lui et semblait très surpris d'être secoué de la sorte par deux jeunes femmes aussi impatientes !

Bon, aux grands maux, les grands remèdes ! Avec un clin d'œil, Adriana demanda alors à Laurence de quitter l'appartement, un petit moment…

Laurence comprit immédiatement l'idée d'Adriana, et s'empressa de rejoindre l'appartement d'Ingrid.

Adriana s'élança vers Julien et l'entraîna presque de force jusqu'à la chambre ; ce qu'il laissa faire sans aucune difficulté, comme s'il ignorait ce qui allait advenir ! Là se rejoua le ballet de la nuit passée ; Adriana, seule en scène au début ne ménageait pas sa peine pour réveiller son amant. Soudain, le dialogue s'enflamma enfin, quand Julien sortit de sa torpeur en un éclair sauvage de son regard ; comme un retour à la réalité imminente d'un plaisir partagé, si intense qu'il résonna jusque sur le balcon de l'appartement d'Ingrid, où Laurence patientait.

Julien avait retrouvé ses esprits et reperdu son bégaiement. Alors, il raconta Mathilda et la volute bleue sortie du miroir… Adriana demanda aussitôt à Laurence de les rejoindre.

***

Le miroir ? Ce miroir avait appartenu à son oncle Christian et même s'il ne l'avait jamais trouvé très esthétique, Julien avait décidé de le conserver en souvenir.

Laurence se précipita dans le couloir, suivie par Adriana puis finalement rejointes par Julien. Tous trois observèrent le miroir de tous les côtés, hésitant à le décrocher. Quel secret pouvait-il receler ? D'où provenait-il ? Et ce « rêve bleu » de la nuit avait-il un rapport avec la volute bleue qui avait anesthésié ses pensées ?

— Ton appartement serait-il « pollué » par une présence insoupçonnée enfermée dans les reflets du miroir ? demanda Laurence à Julien.

— Non ! Souviens-toi de la première soirée chez Ingrid, ton visage avait aussi pris l'allure de celui de Mathilda ! rétorqua Adriana.

Elles prirent un air découragé face à ce qui leur semblait encore être une fausse piste. En retournant au salon, elles constatèrent qu'il y avait une notification sur la page Facebook qu'Adriana avait laissée ouverte.

Manu Alvares avait accepté la demande d'amitié…

Ils décidèrent tout d'abord de scruter une à une les photos de leur nouvel ami virtuel afin de voir si quelque chose pouvait leur indiquer qu'ils étaient sur la piste du bon Manu Alvares. Cependant, aucune ne pouvait confirmer qu'il s'agissait bien de lui. Ils décidèrent donc de lui laisser un message afin de le lui demander directement. La demande d'amitié étant faite au nom d'Adriana, c'est donc elle qui lui adressa le message :

« Bonjour. Je vous remercie de m'accepter parmi vos amis. Nous ne nous connaissons pas et ma demande va peut-être vous surprendre, mais je voudrais savoir si vous êtes bien le Manu Alvares dont le grand-père s'appelait Pedro et s'il vivait au Portel en France ? »

Adriana fit la moue. Le sourcil en accent circonflexe elle interrogea ses amis du regard afin de s'assurer que le message était bien clair avant de cliquer sur « envoyer » !

Les trois paires d'yeux rivés sur l'écran de l'ordinateur attendaient visiblement une réponse immédiate. Après cinq bonnes minutes, à l'unisson, ils eurent un sursaut d'excitation lorsqu'ils virent apparaître sur l'écran un nouveau message :

« Bonjour, décidément, je suis très demandé à ce propos. Et vous voulez sans doute aussi m'interroger au sujet d'un Fort bleu qu'a vu ce vieil homme ? » demandait Manuel sans un signe de courtoisie.

Dans une synchronisation quasi parfaite, ils eurent un léger mouvement de recul comme pour exprimer leur surprise puis se rapprochèrent à nouveau afin d'être bien sûrs de ce qu'ils lisaient dans ce message. La concordance de leurs regards arrondis attestait de leur stupéfaction. Il ne faisait plus aucun doute qu'il s'agissait là du bon Manuel, mais qui avait bien pu le contacter au sujet du fort bleu ?

Adriana n'attendit pas un instant de plus et renvoya immédiatement un message afin de le questionner sur la personne qui l'avait contacté et pourquoi. Manuel répondit aussitôt :

« Écoutez ! J'ai été contacté par téléphone il y a trois ans, ensuite, j'ai été convoqué par le commissariat de ma ville ici au Portugal, et enfin, un inspecteur de chez vous est venu me rendre visite. J'ai dit tout ce que je savais, c'est-à-dire RIEN ! Pedro n'était pas réellement mon grand-père, il était remarié avec ma grand-mère et mon père n'est pas le fils de Pedro, il l'a juste reconnu. Autrement dit, ce monsieur n'est pas de ma famille et je vous le répète, je ne sais rien de cette histoire hormis que ma grand-mère n'a visiblement pas été très heureuse avec cet alcoolique illuminé. Je pense qu'il vaut mieux maintenant annuler cette demande d'amitié »

Sans réfléchir une seconde, Adriana renvoya un autre message :

« Qui ? S'il vous plaît, pouvez-vous me dire le nom de la personne qui est venue vous voir ? Je vous en prie répondez moi, mon amie a disparu et je pense qu'il y a un lien avec votre grand... enfin, je veux dire entre Pedro et cette histoire ! »

Manuel consentit à lui répondre : « Un certain monsieur Biblo ou Fiblo, je ne sais plus ! Je vous supprime de ma liste d'amis maintenant ! Je ne veux pas d'histoires vous savez, dans mon quartier, quand on est convoqué à la Police, ça jase ! » répondit-il !

« Ne serait-ce pas l'inspecteur Filbot ? » insista Adriana interloquée.

« Oui, c'est ça, c'est bien ce nom, maintenant que vous le dites, ça me revient... l'inspecteur Filbot ! Bonne journée, Madame, et bonne chance pour votre amie ! »

« Je vous remercie beaucoup cher Manu, de tout cœur je vous remercie d'avoir pris le temps de me répondre ! »

L'espace de quelques secondes, tous se turent. Laurence se passa les mains dans les cheveux à plusieurs reprises en soufflant, les yeux rivés sur le haut du mur afin de mieux réfléchir. Adriana inclina la tête sur le côté et se frotta le menton. Quant à Julien, il interrogeait du regard l'une et l'autre de ses amies, l'air hébété, sans oser ouvrir la bouche pour parler le premier.

Tout devenait confus dans leurs esprits.

— Qu'est-ce que Filbot vient faire là-dedans ? commença Laurence ! Pourquoi ne nous a-t-il rien dit ?

— Il ne sait pas que nous savons ! s'écria Adriana

— Ah, effectivement ! reprit Laurence l'air dépité. Je pense que nous devrions lui dire tout ce que nous savons maintenant. Il ne nous prendra pas pour des fous au moins et il faut avouer que nous sommes complètement perdus.

Julien hocha plusieurs fois la tête en signe d'acquiescement. Laurence se saisit de son téléphone pour composer le numéro du commissariat de police et demanda à parler à l'inspecteur Filbot.

— Filbot ! grogna l'inspecteur

— Bonjour inspecteur, je suis Laurence Lindgren, la sœur d'Ingrid Lindgren commença-t-elle avant d'être rapidement interrompue par ce dernier.

— Oh… je suis occupé, Madame Lindgren, je ne peux pas vous répondre maintenant, je vous rappelle en fin de journée !

Agacée par le ton que prenait l'inspecteur, Laurence qui s'inquiétait pour sa sœur haussa à son tour le ton :

— Inspecteur ! Le Fort bleu, cela vous dit quelque chose ? Et le nom de Mathilda vous évoque-t-il quelque chose aussi ? Et Manuel Alvares de Sousa ?

Laurence put entendre l'inspecteur déglutir avant qu'il ne reprenne la conversation avec une telle intensité dans la voix que tous dans la pièce purent l'entendre :

— Quoi ? Mais alors vous ne m'avez pas tout dit ? Vous avez caché des éléments concernant une disparition sur le Fort et sur

Mathilda Dumont ! Mais vous vous rendez compte de l'impact que cela peut avoir sur mon enquête ! ajouta-t-il furibond.

— Mais…

— Où êtes-vous, Madame Lindgren ? l'interrompit-il sans ménagement.

— Je suis chez Julien Jansen, le voisin de ma sœur.

— Ne bougez pas, j'arrive tout de suite ! termina-t-il sur un ton radouci comme s'il venait de surprendre quelqu'un qui l'écoutait avant de couper la conversation.

La stupéfaction était palpable ! Comment Filbot savait-il que Mathilda s'appelait Dumont ? Que savait-il au juste ?

Le commissariat se trouvant à proximité des lieux, il ne fallut pas longtemps à l'inspecteur pour arriver sur place, un épais dossier entre les mains. Il ne prit pas la peine de saluer qui que ce soit et engagea immédiatement la conversation d'une manière qui frôlait l'incrimination :

— Vous savez ce que vous risquez à nous cacher des informations sur une enquête ?

Tentant de s'affirmer, Laurence le blâma à son tour :

— C'est de la disparition de ma sœur dont il s'agit inspecteur et pour votre information nous ne savions pas qu'il se passait quelque chose ici, dans notre ville alors que vous semblez être bien au courant de certaines choses. Lorsque vous avez débarqué chez Ingrid, vous aviez plutôt l'air de supposer que nous étions deux pauvres filles paumées au lendemain d'une fête quelque peu arrosée, non ? Alors comment vouliez-vous que nous vous racontions de telles choses alors que nous nous sentions déjà cataloguées par vos services ?

L'inspecteur inspira longuement par le nez, peut-être afin de se calmer, c'est en tout cas ce qu'il fit. Il reprit :

— Vous avez en partie raison, Madame Lindgren, il me semble que nous avons tiré certaines conclusions de manière un peu hâtive. Nos services sont sur le qui-vive en cette période estivale ! Je vous prie de nous excuser ! Puisque de toute évidence vous avez été témoins de certaines choses étranges, et bien que je ne sois pas tenu de vous communiquer le contenu de mon dossier d'investigations, je pense que ce ne serait pas honnête de ma part de vous dissimuler plus longtemps la vérité.

L'inspecteur Filbot commença alors le récit des informations qu'il détenait.

HUIT

— Il y a dix ans, il m'a été confié la charge du dossier de mystérieuses disparitions non résolues dans la ville de Le Portel. Je suis enquêteur spécialisé auprès de la SDRPI « *section de recherche paranormale internationale* ». J'ai repris le dossier de mon homologue britannique John Adams décédé en 1975. Nous avons reçu l'ordre d'une discrétion absolue, ce qui ne nous a pas facilité la tâche puisque nous ne pouvions interroger personne, mais seulement recueillir les informations. J'ai donc décidé de venir m'installer sur place et, pour ne pas éveiller les soupçons et créer la panique, j'ai intégré le commissariat en tant qu'inspecteur, poste que j'occupais avant de

rejoindre la SDRPI. Nous n'avons que peu de témoignages sur cette affaire, cependant, nous avons à ce jour, avec Ingrid et celle de Georges Donaldson, 692 disparitions suspectes répertoriées, en comptant également votre tante Marie Ledet ! fit-il en s'adressant plus spécialement à Julien, qui avait l'air surpris que sa tante soit comptée dans les mystérieuses disparues sans même que sa famille n'ait été tenue au courant.
Après une courte pause, probablement pour se concentrer, il poursuivit :

— J'ai rencontré pas mal de difficultés pour étayer ce dossier à cause des pertes de mémoire soudaines de presque chacune des personnes qui étaient venues déclarer une disparition. Je vous avoue qu'il n'y en a que quelques-unes en comparaison du nombre de disparus !

— Cela nous est arrivé aussi ! Nous avons eu des pertes de mémoire ! le coupa alors Laurence

— C'est sans doute votre union qui vous a permis de vous souvenir, en effet, si l'un oublie, l'autre peut lui rappeler les faits, reprit Filbot avant de poursuivre : Les premiers éléments que nous avons dans cet étrange dossier remontent à 1825. Jules Dumont était le mari de Mathilda Dumont. Un couple comme on n'en trouve plus, ajouta-t-il en soupirant doucement ! Il est venu déclarer au maire du village la disparition de sa femme. Ce couple avait vécu un terrible drame presque deux ans auparavant. En effet, quand Jules Dumont revenait chaque soir de la pêche, sa femme Mathilda, accompagnée de leurs trois enfants, venait l'attendre au bord de la mer. Quel que soit le temps, ils étaient tous là, tous les jours de l'année, surtout l'hiver lorsqu'il faisait froid et nuit. Elle venait éclairer la route de Jules avec sa lampe tempête pour le guider vers le sable. C'était un couple heureux, sans histoires ; Mathilda était d'une grande beauté et merveilleusement attentionnée. Un soir, alors qu'elle attendait son mari en compagnie de ses enfants, une immense vague a déferlé aux pieds de Mathilda. Déséquilibrée, elle s'affala sur le sable et lâcha la lampe qui fut emportée par la marée. Jules dans la nuit noire ne la vit pas. Il essaya de crier son nom, mais la puissance du vent emportait son écho. Il faisait un froid à vous fendre le corps en deux. Les enfants, qui s'étaient inconsciemment un peu éloignés de leur mère, étaient serrés les uns contre les autres pour ne plus former qu'un seul afin de se réchauffer en attendant leur père. La barque de Jules fut rejetée sur la côte par les vagues déchaînées avec une violence inouïe sur les enfants. Mathilda entendit le fracas, mais n'y voyait rien tant les embruns lui fouettaient le visage. Elle cria ses petits, elle hurla leurs prénoms, sans jamais obtenir de réponse. Elle se jeta sur le sable à corps perdu, tâtonna de ses mains gelées, s'enfonça dans la mer jusqu'à la taille manquant de se noyer à plusieurs reprises. La marée basse et la nuit ténébreuse eurent raison des recherches menées toute cette nuit-là par les habitants du village venus à la rescousse. Les enfants de Mathilda avaient disparu.

L'inspecteur Filbot reprit sa respiration. Captivés par le récit ni Adriana ni Laurence ou Julien ne purent prononcer un mot. Julien se leva en silence pour aller chercher quelques verres et une bouteille de bière dans la cuisine qu'il rapporta au salon avant de les remplir et d'en proposer un au policier. Filbot, accepta d'un signe de tête, encore absorbé par son récit et prit une gorgée avant de continuer :

— Mathilda ne se remit jamais de la perte de ses enfants. Elle n'en voulut pas non plus à Jules qui pourtant portait sur lui le poids de la culpabilité. Tous deux n'étaient plus que l'ombre d'eux-mêmes. Mathilda parcourait la plage chaque soir à la recherche de ses enfants. Pas une journée ne passait sans qu'elle ne se rende au bord de l'eau, pas une journée sans pleurer toutes les larmes de son corps. Elle pleurait tant que son regard n'était plus que cernes bleus. Elle n'ouvrait plus la bouche que pour dire qu'elle n'aurait plus jamais d'enfant, ou pour décourager ceux qui en voulaient. Elle leur disait que le plaisir de les avoir n'était rien comparé à la douleur de les perdre. Un soir, elle scrutait encore et encore l'horizon, la tempête faisait rage et la mer semblait se soulever. Jules essaya tant bien que mal de la ramener à la maison. L'orage grondait au loin et Mathilda s'avança au bord de la mer. Elle leva les yeux au ciel, tordue de douleur par la perte de ces enfants et hurla l'un après l'autre leurs prénoms. Elle était comme possédée ! Jules, non loin de là, assistait à ce terrible spectacle, impuissant ! Il cria vers Mathilda afin de la supplier de rentrer, que cela faisait maintenant 692 jours qu'elle scrutait la mer et que rien n'y ferait jamais, qu'ils ne pouvaient plus retrouver leurs enfants. Le ciel devint alors noir, les vagues se soulevèrent si fort qu'il semblait qu'elles ne formaient plus qu'un immense manteau d'eau. Les éclairs jaillirent de toutes parts dans le ciel menaçant en direction de Mathilda. Elle fût touchée par la foudre à maintes reprises. Elle se tourna alors vers Jules, le ciel s'éclaira et il la vit sourire. De ses yeux coulaient des larmes bleues comme ses cernes qui s'évanouirent dans l'océan. Toutes les larmes qu'elle avait encore à pleurer se mélangèrent à la mer en un flot d'un bleu électrique et fluorescent qui se répandit sur l'immense vague, recouvrant d'un coup le Fort devenu soudain lumineux et tout bleu. Je peux les voir ! hurla-t-elle à l'attention de Jules, dans le fracas des éléments déchaînés ! Je vois les enfants mon amour, je vais vers eux, je vais les rejoindre et je ferai tout ce qui est en mon pouvoir pour que personne ne souffre jamais comme j'ai souffert. Pardonne-moi ces 692 jours de souffrances que je t'ai infligés lança-t-elle enfin à son époux avant d'être emportée par la vague bleue.

***

Filbot était reparti en leur arrachant la promesse de rester ensemble et de ne pas se séparer en attendant qu'il réfléchisse à la suite à donner à son enquête. Il leur demanda aussi de noter tout ce dont ils se souvenaient, chaque événement même minime en relation avec cette histoire ; en effet, ce serait le seul moyen de ne rien oublier et surtout de le tenir au courant de leurs faits et gestes, le seul moyen selon lui d'éviter le pire.

Adriana soupira dès que la porte se referma sur Filbot :

— Toute cette histoire est hallucinante ! Rester ensemble… oui, mais que pouvons-nous faire en attendant ? Rester assis sur le canapé de Julien ?

— J'ai une idée ! s'exclama Julien qui était resté silencieux pendant le récit de Filbot. Toute l'histoire semble avoir commencé sur la plage et avec le Fort. Je suggère que nous allions tous les trois en reconnaissance pour nous faire une meilleure idée du Fort.

— Mais Julien, répliqua Laurence interloquée, pour ma part je connais très bien ce Fort, j'y suis déjà allée plusieurs fois à marée basse et il n'y a rien à voir ! Ce ne sont que des ruines.

— Peut-être, s'immisça Adriana avec un filet de voix, mais l'avons-nous jamais examiné à fond ? Jusqu'à présent ce n'était qu'une ruine sans importance pour nous, y aller à trois après toute cette histoire nous obligera peut-être à le regarder autrement.

— Tu as raison Adriana, répondit Julien en la regardant d'un œil enflammé par l'envie d'en savoir plus, mais aussi par le désir qu'il éprouvait pour cette femme, belle et intelligente. Allons-y tout à l'heure quand la marée sera basse, nous aurons ainsi le temps de le contempler et de fouiller tous les recoins. À trois, nous devrions être plus ou moins en sécurité et nous allons laisser un mot à Filbot avant d'y aller, au cas où…

Ils restèrent silencieux quelques instants, le regard perdu dans leurs pensées. Une sensation de peur au creux du ventre leur nouait l'estomac et accélérait leur respiration. Mais après un regard à la ronde la décision fut vite prise, ils se donnèrent donc rendez-vous en fin de journée sur la plage juste en face de l'appartement d'Ingrid.

Laurence rentra chez elle pour se reposer un peu et Adriana retourna à l'appartement d'Ingrid pour en faire de même. Mais à peine avait-elle fermé la porte de l'appartement que Julien frappait déjà doucement à sa porte, il l'enlaça et l'embrassa langoureusement, longuement, jusqu'à lui faire perdre haleine. Le désir s'empara de nouveau des deux amants et les emporta dans un tourbillon des sens qui perdura une bonne partie de l'après-midi. Après quelques heures de sommeil réparateur, ils se vêtirent pour leur exploration du Fort et retrouvèrent Laurence sur l'esplanade de la mer.

***

Le temps était encore très beau en cette fin d'après-midi des derniers jours d'août. La journée avait été très chaude et quelques nuages de chaleur s'étaient formés à l'horizon. La plage était encore fréquentée par les touristes qui profitaient du spectacle grandiose du coucher de soleil.

Laurence n'était pas rassurée. La journée touchait à sa fin et ils allaient se retrouver seuls dans le Fort à la tombée de la nuit. Ils avaient bien emporté des lampes torches et s'étaient habillés en conséquence, mais rien que l'idée de se retrouver en cet endroit lui donnait la chair de poule. Ils n'avaient pourtant pas le choix, il fallait y aller quand la marée serait basse et quand il y aurait moins d'affluence sur la plage afin d'éviter les regards curieux et les éventuelles questions.

Ils marchèrent longuement en silence en direction du Fort. Le ciel embrasé par le coucher de soleil était magnifique. Les rouges et les oranges striées de nuages sur fond couleur d'encre de l'océan étaient à couper le souffle. Julien tenait Adriana par la main, tous les deux avaient l'air épanoui avec un petit sourire évocateur au coin des lèvres malgré l'angoisse qui petit à petit commençait à faire son chemin dans leur cœur au fur et à mesure de leur progression. Laurence les observait du coin de l'œil, elle aussi avec un petit sourire en pensant au côté cocasse de la situation. Elle était contente que ces deux-là se fussent trouvés, Adriana méritait d'être heureuse après les déboires de ses amours passés. Malgré la situation incroyable dans laquelle ils se trouvaient, l'amour avait trouvé son chemin et leur adoration mutuelle était palpable.

Tous trois téméraires, ils grimpèrent sur le chemin de rochers qui menait à l'entrée du Fort. Heureusement ils avaient pris la précaution de mettre leurs chaussures de randonnée, plus pratiques en pareilles circonstances, ce qui les stabilisait un peu sur les algues, dont les rochers étaient parsemés.

Le soleil s'était couché entre-temps, une fine lueur à l'horizon éclairait encore faiblement le Fort. Nos trois amis se regardèrent intensément devant le trou béant de l'entrée du Fort et y pénétrèrent d'un pas décidé.

NEUF

Assis derrière son bureau, Filbot se tortillait sur sa chaise. Depuis qu'il était revenu de l'appartement de Julien, il n'était pas tranquille. Il avait secrètement espéré que toute cette histoire trouverait enfin une issue. Cela faisait des années maintenant qu'il essayait d'élucider cette énigme, sans grand succès, il l'admettait. Il avait longtemps piétiné dans son enquête et maintenant, voilà que tout refaisait surface brutalement, à son grand désespoir.

Il avait la certitude que les événements allaient se précipiter. Une crainte sourde et indéterminée s'était emparée de lui. N'y tenant plus il souleva le combiné de son téléphone de bureau et appela l'appartement d'Ingrid. Il laissa sonner longtemps, mais personne ne répondit à son appel. Il essaya ensuite le numéro de Laurence puis celui de Julien. De plus en plus angoissé, il fouilla dans son agenda pour trouver les numéros de leurs portables, mais tous les trois étaient éteints. Tout cela ne lui disait rien qui vaille, il leur avait pourtant explicitement recommandé d'être joignables à tout moment ! Ces trois-là, il l'avait bien pressenti, étaient décidés à tout pour retrouver Ingrid et éclaircir cette affaire et ça ne pouvait que compliquer les choses et lui donner du fil à retordre. Avec un soupir d'exaspération mêlé d'inquiétude, il se leva, enfila sa veste, vérifia son arme avant de la loger dans son holster et quitta le bureau d'un pas rapide.

Dix minutes plus tard, il était à l'appartement d'Ingrid. Il sonna. N'ayant pas de réponse il sortit la clef de l'appartement qu'il avait soigneusement gardée. L'appartement était vide, aucun signe des 3 amis. Le lit était défait et des vêtements étaient éparpillés sur les chaises. Il sursauta quand il vit à côté du téléphone une enveloppe avec son nom inscrit dessus au marqueur. La nuit était tombée entre-temps. Après avoir lu le message que lui avaient laissé Adriana, Julien et Laurence, il sentit des perles de sueur qui ruisselaient de long de sa colonne vertébrale. Il aurait dû se douter que ces trois-là ne respecteraient pas ses consignes, et il pestait intérieurement de ne pas les avoir fait mettre sous surveillance ! Il devait maintenant essayer de les rattraper en espérant qu'il n'arriverait pas trop tard. Le Fort… il l'avait bien sûr déjà fouillé sans rien trouver d'anormal, mais il l'avait fait de jour avec deux officiers de son équipe. Là, il faisait nuit et l'orage commençait à gronder au loin, une nuit d'orage comme celle où tout ce cauchemar avait commencé en 1825.

Il décida sur-le-champ de se rendre sur le Fort et alla chercher de quoi affronter les éléments, dont l'orage violent qui s'annonçait…

***

S'ils n'avaient pas eu cette angoisse à fleur de peau qui leur tiraillait les tripes, Adriana, Laurence et Julien auraient profité pleinement du spectacle visible par les ouvertures du Fort, où le ciel virant au noir servait de toile de fond aux premiers éclairs qui ajoutaient à la fantasmagorie de l'endroit. Ils avançaient à pas contrôlés comme s'ils attendaient que quelque chose se passe. Pourtant, tout semblait calme, un peu comme le silence qui précède la tempête. Adriana serrait un peu plus fort la main de Julien et Laurence ne s'éloignait pas du couple. Çà et là, des éboulis de pierres attestaient de la vétusté de l'édifice, et Laurence se souvint qu'il avait été interdit à la visite. Mais au fait, n'était-ce pas une décision prise après l'arrivée de Filbot ?

Au détour d'une arcade, il leur sembla distinguer un léger clapotis, comme celui d'une fontaine. Les trois visages se tournèrent en harmonie, tendant l'oreille vers la source de ce doux bruit afin d'en trouver l'origine. En levant les yeux sur le plafond voûté du Fort, ils aperçurent une sorte de brèche qui laissait entrevoir le ciel illuminé par ce qui semblait être des éclairs d'orages sans pourtant en percevoir les coups de tonnerre.

Soudain, un bruit sourd et puissant résonna contre les parois du Fort et fit trembler le monument. Les deux jeunes femmes se collèrent brutalement à Julien qui, bien qu'effrayé lui-même, mais s'efforçant de ne rien laisser paraître tenta de les rassurer :

— Ce n'est sans doute qu'une grosse vague qui vient de s'échouer contre l'arrière du Fort ! Ne vous inquiétez pas, il est là depuis plus de deux cents ans, ce n'est pas aujourd'hui qu'il va s'écrouler. À ma connaissance, il n'a jamais été la sépulture de qui que ce soit ! Allons-y, avançons !

De moins en moins confiants, ils poursuivirent leur ascension encore quelques mètres lorsqu'un autre coup puissant fit à nouveau trembler le sol. Cette fois, un énorme paquet d'eau de mer s'engouffra soudain dans la brèche pour venir s'écraser violemment sur les apprentis explorateurs et les plaquer à même les rochers englués. Ils n'eurent pas le temps d'ouvrir la bouche qu'un puissant éclair suivi cette fois d'un coup de tonnerre fracassant leur fit porter leurs mains aux oreilles pour essayer d'en atténuer le bruit. La foudre pénétra à son tour la faille dans un crépitement assourdissant et éclaira l'intérieur du Fort qui devint subitement bleu et fluorescent.

Et tout à coup… des rires d'enfants… oui, des rires d'enfants qui emplirent bientôt tout l'espace. Des rires joyeux et espiègles !

Devant la magie de cette scène inattendue, nos trois amis se figèrent un instant, puis, s'approchèrent prudemment de l'endroit d'où provenaient ces rires, en retenant leur souffle et en se cachant du mieux qu'ils pouvaient derrière un énorme pilier.

Sous leurs yeux ébahis, trois enfants, une fillette et deux garçons un peu plus grands, s'éclaboussaient autour d'un très étrange jardin agrémenté de jets d'eau ! Et cette eau était d'un bleu quasi fluorescent ! Quelques insectes, légers comme des papillons inconnus virevoltaient autour des fleurs et leur trompe semblait servir à abreuver les fleurs avec l'eau bleue ! Quel univers étrange, fantasmagorique ! Et les rires des enfants joyeux qui se répandaient dans cette atmosphère surréaliste !

Les questions se bousculaient dans l'esprit de notre trio. Se pouvait-il qu'il s'agisse des enfants de Mathilda ; les trois petits disparus de 1823 ?? Mais alors, cela signifiait que le temps n'avait pas de prise dans ce monde ?

En partant de cette hypothèse, ils se surprirent à imaginer que tous les disparus pourraient se trouver là, quelque part et toujours vivants. Il soufflait comme un vent d'espoir dans les esprits.

Étrangement, Laurence, Adriana et Julien se sentaient bien à la vision de ce jardin enchanté surprenant, inondé de fleurs et de plantes luxuriantes inconnues, mais merveilleusement colorées. Le spectacle bucolique était des plus ravissants, sous la voûte immense de cette partie du Fort ! Mais comment ce jardin pouvait-il être aussi exubérant sans la lumière du jour ? Comment des fragrances aussi puissantes, entêtantes et envoûtantes pouvaient-elles émaner de ce feu d'artifice de fleurs ? Comment… ?

Ce fut Adriana qui perdit connaissance la première, suivie de peu par Laurence et Julien qui s'affalèrent comme des pantins désarticulés…

Le réveil fut brutal quand la foudre tomba sur le Fort, à faire trembler l'édifice ! Trempés jusqu'aux os et grelottant de froid, ils se regardèrent, complètement hébétés, avec un mal de tête sans commune mesure avec celui que l'on peut garder en souvenir de lendemain de fête !

Le jardin féerique avait disparu, comme si une main inconnue avait éteint les feux de la rampe en manipulant un quelconque interrupteur, avant de déserter le théâtre. Aucune trace des enfants rieurs ni des papillons-arroseurs ! La scène avait laissé place à un espace vide, sombre et humide, où seul le bruit de leurs pas trébuchants résonnait, ponctué de coups de tonnerre impressionnants.

— Hallucination collective ? hasarda Julien. Vous avez bien vu la même chose que moi, les filles ?

— C'était magnifique ! renchérit Adriana.

— Continuons, décréta Laurence, Ingrid doit être ici quelque part ! Si c'était bien les enfants de Mathilda, elle ne doit pas être bien loin. Jamais elle ne les laisserait seuls ! Je crois qu'il faut nous préparer à l'impensable ; ici, nous ne connaissons rien de ce qui se passe !

Dans le coin droit de la salle voûtée vidée de son jardin extraordinaire, ils aperçurent la lueur faible d'un éclair ; sans doute y avait-il une ouverture sur l'extérieur. Ils s'avancèrent prudemment, en s'attendant à tout ce qui dépasserait l'entendement !

Et heureusement…

Mathilda apparut sous leurs yeux ébahis. Elle se tenait face à eux en lévitation. Son corps n'était pas immobile, mais semblait flotter au milieu d'une mer agitée. Son visage reflétait la colère. Laurence cria vers elle :

— Où est Ingrid ? Où avez-vous emmené ma sœur ? Nous connaissons votre histoire Mathilda, nous savons ce qui est arrivé à vos enfants en 1823 ! Jules vous aimait, il vous a laissée partir pour rejoindre vos enfants, mais ma sœur, Mathilda ! Ma sœur n'avait personne à rejoindre. Elle me manque, rendez-moi ma sœur !

Les mots que prononça Laurence résonnèrent en écho. La colère disparut du visage de Mathilda et son corps flottant se figea. Une infinie douceur éclaira son regard. Elle s'approcha de la jeune femme tel un feu-follet, ce qui eut pour effet de la faire reculer d'un pas.

— Jules ! dit-elle avec tendresse ! Jules ! Comment pouvez-vous savoir qu'il m'aimait autant ? demanda-t-elle avant de poursuivre sans attendre de réponse, comme s'il était trop doux d'en parler : Jules était un être humain merveilleux, rare. Un homme juste et bon qui n'a jamais cherché le pouvoir. Jules a toute sa place dans notre monde. Je suis allée l'appeler, mais il a cru que j'étais un rêve ! J'ai attendu qu'il vienne de lui-même, finit-elle avec amour, mais sans aucun signe de tristesse.

Ce fut alors une tout autre Mathilda que les jeunes gens virent ; celle-là même décrite par l'inspecteur Filbot dans le récit datant de 1825. Extrêmement belle, gracieuse, douce et aimante !

Mais Laurence qui ne s'en laissait pas conter, malgré ce récit attendrissant, n'oubliait pas la raison qui l'avait amenée ici et profita du moment propice pour poser à nouveau doucement la question à Mathilda :

— Pourquoi dites-vous que Jules était humain ? N'y a-t-il pas d'humains dans votre monde ? Où est-elle ? Où est Ingrid ? Dites-le-moi maintenant Mathilda, j'ai besoin de savoir !

Mathilda tendit le bras et d'un geste vif traça un demi-cercle dans l'espace. Une fenêtre virtuelle s'ouvrit et laissa apparaître un spectacle merveilleux sur un jardin luxuriant semblable à celui où ils avaient vu jouer les trois enfants.

La même stupéfaction se lisait sur le visage de Laurence, Julien et Adriana. Ingrid était là ! Georges la faisait tournoyer et leurs pieds à tous les deux ne touchaient pas terre. Ils riaient ensemble comme des enfants.

Julien cria le prénom de sa tante disparue ! Marie ! Marie était là elle aussi !

Des paroles virevoltèrent autour du corps de Mathilda sans qu'elle n'ouvre la bouche :

— J'ai semé de fausses pistes sur votre route ; comme la clef USB pour vous laisser croire à un coup de Georges. Je vous ai enlevé vos souvenirs. Vous êtes tenaces !

Mais ce que vous voyez là va disparaître de vos mémoires à tout jamais !

Laurence qui avait toujours son téléphone à portée de mains enclencha sa caméra et filma discrètement la scène.

Mathilda ferma la fenêtre avant de reprendre la parole et les visages d'Ingrid, Georges et de Marie disparurent.

— Vous voyez ! Ils sont heureux ! Votre sœur n'est pas seule. Elle est en transition avant de passer de l'autre côté. Elle est encore humaine, comme vous, mais elle est profondément heureuse. Là où ils se trouvent, ils apprennent à se détacher de tout sentiment qui pourrait leur nuire. Ils réapprennent à vivre sans cette charge d'émotions négatives qui pèse sur les êtres humains. Ils se souviennent encore de vous, mais le bonheur est si fort qu'ils n'éprouvent aucune souffrance, aucun manque. Même si c'est difficile à entendre pour vous, cette période de transition c'est ce que vous pourriez appeler une période de deuil, mais qui se fait dans une telle sensation d'apaisement et de légèreté qu'elle n'engendre ni tristesse ni regret. Tous restent dans cette période de transition le temps qu'ils auraient vécu durant leur passage sur terre. Voulez-vous les priver de cela ?

— Ce n'est pas à vous d'en décider ! rétorqua Laurence. Que savez-vous de sa vie ! Et nous ? Y pensez-vous ?

— Vous ramenez tout à vous ! Vous voyez, c'est aussi de cela qu'il s'agit. L'univers dans lequel vous vivez ne laisse que peu de place aux autres. Vous vivez sans penser à votre prochain. Là où nous vivons, il n'y a aucune place pour l'égoïsme, l'envie, la rancœur, le paraître... Avant d'arriver ici, mis à part Jules, personne ne comprenait ma souffrance. Mais même s'il m'aimait de toutes ses forces, je le rendais malheureux. J'allais au bord de la mer chaque jour où j'errais à la recherche de mes enfants. J'étais traitée comme une folle incapable de faire son deuil. On ne parlait plus que de mes yeux cernés comparés à ma beauté d'antan. Nous étions un fardeau pour nos amis. J'ai été entendue et emportée jusqu'ici.

— Quel est le rapport avec ma sœur ? insista Laurence.

— Mon enfer était sur la Terre et j'ai pu passer de l'autre côté sans période de transition pour retrouver mes enfants.
Mais cela a eu un prix. Je devais choisir 692 personnes ; autant que de jours que la durée de mon deuil. Nous sommes dans ce que vous pourriez appeler « *le paradis* » ici, c'est l'endroit où vous viendrez probablement après votre passage sur terre. Le jour venu, vous y retrouverez votre sœur, et vous Julien, votre tante Marie. En ce qui concerne votre oncle Christian, il est déjà de l'autre côté. Jules et mes enfants y sont ensemble. Ce que vous avez vu, vous l'avez vu avec vos yeux d'humains, mais l'apparence que nous avons une fois passés de l'autre côté n'a rien à voir avec l'enveloppe corporelle dont vous disposez ici. Nous sommes des âmes que vous ne pourrez jamais voir de votre vivant.

— Mais quel est le but ? Pourquoi enlever des gens pour les mettre dans cette... zone de transition ? demanda fébrilement Adriana.

— Même si j'ai pu passer de l'autre côté sans transition, je suis restée entre deux mondes depuis 189 ans. J'ai été choisie pour évaluer la capacité des vivants à aimer.

Chacune des personnes enlevées avait le choix de rester dans cette zone de transition ou de revenir vers vous. Elles peuvent vous voir pendant cette période, pourtant, aucune n'a souhaité repartir. Nous avons reproduit l'expérience sur 692 personnes, nous avions espéré que vous feriez de votre monde un monde meilleur. Depuis 189 ans, non seulement vous ne vivez pas mieux, mais, bien au contraire, vous ne pensez qu'à vous enrichir, à posséder, à vous déchirer. Vous avez reçu des avertissements dont vous n'avez jamais tenu compte ; des catastrophes naturelles, l'extinction d'espèces essentielles à votre vie, des changements climatiques, cependant vous vous auto détruisez... Vous détruisez les ressources naturelles de votre monde et de nombreuses personnes ne mangent pas à leur faim, des enfants meurent sous les mains des hommes pour gagner des terres qu'ils finissent par détruire. Quand l'heure sera venue, je pourrai rejoindre définitivement les autres, je serai une âme en paix, et si vous ne changez rien, c'est Ingrid qui verra la fin de votre monde. Il ne vous reste que peu de temps.

Julien interrogea inquiet :

— Mais n'y a-t-il rien que nous puissions faire ?

Un écho venu de l'entrée du Fort retentit au même moment :

— Oooh hééé ! Y a quelqu'un ? Vous êtes là ? Bande de petits cons !!! s'époumonait Filbot visiblement très en colère !

Mathilda, surprise, tourna la tête vers la voix qui se rapprochait ! Elle leva vivement le menton dans sa direction et un phénomène lumineux aussi beau qu'une aurore boréale s'envola jusqu'à l'inspecteur. Un bruit d'éboulement de petites pierres retentit subitement. Le quatuor en pleine discussion put entendre le malheureux pester dans sa chute :

— Hé merde ! Je suis trempé maintenant ! Et voilà que ma lampe a pris l'eau ! Oh hé ! Mais où êtes-vous ? La marée monte ! Nous ne pourrons plus rentrer si vous ne revenez pas maintenant ! Je vous aurai prévenus !

En un geste précis et majestueux, Mathilda leva les mains vers les imprudents. Trois faisceaux bleus fluorescents partirent rapidement du bout de ses doigts pour atteindre le centre de leur front, si violemment qu'ils basculèrent en arrière, pour s'évanouir, gisant à même les rochers. Puis, s'évaporant par la brèche du plafond du Fort elle proféra à voix haute et pénétrante :

— Tant qu'aucune personne n'aura le désir plus fort de revenir dans votre monde que de rester dans la zone de transition, vous aurez échoué !

L'inspecteur Filbot, guidé par le filet de lumière qu'avait laissé Mathilda dans sa fuite, trouva là, affalés comme des sacs, Julien, Adriana et Laurence. Un instant, il les crut morts. Affolé, il lui fallait réagir rapidement. La mer que la marée montante avait laissé s'engouffrer à travers toutes les parois brisées du vieux Fort commençait à lui couvrir les pieds. Il essaya tant bien que mal de frapper de ses paumes ce qui lui semblait être les corps dans cette obscurité devenue effrayante. En tâtonnant, il mit la main sur le dos de Julien et y trouva une lampe torche. Il soupira, manifestant un sursaut d'espoir. Il prit d'un geste décidé l'eau de mer à sa portée pour en arroser les trois corps. Julien revint immédiatement à lui. Prenant conscience de l'urgence, sans pourtant comprendre ce qu'il faisait là, le jeune homme et l'inspecteur Filbot portèrent à bout de bras les deux femmes encore inconscientes pour les évacuer rapidement de ce tombeau déjà presque englouti.

DIX

À l'extérieur du Fort, les deux femmes encore à moitié endormies reprirent lentement conscience, hébétées, étonnées de se retrouver là sur la plage alors que l'orage faisait toujours rage.

— Vite, leur lança Filbot, la marée monte et nous allons nous retrouver encerclés par la mer si nous ne nous dépêchons pas !

Tant bien que mal ils arrivèrent à se traîner sur la plage illuminée par les nombreux éclairs et poursuivis par la marée montante. Une bâche de sable s'était déjà formée les obligeant à marcher dans l'eau jusqu'à la taille. Enfin, ils virent devant eux les abords de l'esplanade et se laissèrent tomber, exténués, dans le sable.

Laurence tremblait comme une feuille malgré la tiédeur de la nuit, ce qu'elle avait vu l'avait secouée terriblement. Elle était assaillie de fragments d'images de sa sœur, heureuse avec Georges dans ce monde, cet au-delà, c'était comme une sentence de mort, la certitude de ne plus jamais la revoir vivante. Adriana et Julien, secoués eux aussi, mais moins affectés purent encore la soutenir alors qu'elle sombrait de nouveau dans l'inconscience.

Peu de temps après, dans l'appartement de Julien, après s'être sommairement séchés, ils étaient tous affalés sur le canapé, fatigués, l'esprit embrumé, les images dans leur tête commençaient déjà à devenir plus floues, l'oubli les guettait. Adriana se ressaisit la première et s'exclama :

— Il faut absolument que nous notions tout ce que nous avons vu et vécu tout à l'heure, sinon nous allons tout oublier et perdre à tout jamais ces précieux indices !

Elle se leva précipitamment, prit le bloc-notes qui était sur la table et se mit à écrire ses souvenirs. Filbot qui n'avait encore émis aucun son depuis leur sauvetage prit enfin la parole en se passant les mains dans ses cheveux humides.

— Qu'est-ce qui vous a pris de partir ainsi à l'aventure sans me prévenir ! Nous avions pourtant convenu qu'il fallait absolument se concerter et ne rien faire dans la précipitation ! Si je n'avais pas eu cet étrange pressentiment, vous seriez tous morts actuellement ! Vous vous en rendez compte ? s'écria-t-il en sautant sur ses pieds, les mains tremblantes et le regard hagard.

— Vous avez raison, dit Julien, penaud, je ne sais pas ce qui nous a pris de partir ainsi, heureusement qu'à la dernière minute nous avons eu la présence d'esprit de vous laisser un mot ! Je ne sais pas, c'est étrange, mais j'ai la nette impression que nos esprits, notre cerveau, sont comme manipulés. Nous ne faisons pas les choses de notre plein gré, avec pleine conscience. Je pense que nous sommes sous l'influence de Mathilda ! Elle essaye de nous effrayer par tous les moyens à sa disposition pour nous empêcher de récupérer Ingrid et Georges.

Laurence ne disait toujours rien. Elle avait pourtant repris connaissance depuis quelques minutes, mais était toujours en état de choc. Soudain, son regard s'anima, elle sortit son portable encore humide de sa poche, mais sans grand espoir de le voir fonctionner après l'immersion totale qu'il avait subie. Après plusieurs essais il finit pourtant par s'allumer. Un petit sourire aux lèvres elle annonça d'une voix frêle :

— J'ai tout filmé ; Julien, il faut absolument transférer la vidéo sur ton ordinateur, j'ai bien peur qu'après la baignade en eau de mer mon portable ne rende l'âme.

Julien fit de grands yeux, mais s'exécuta aussitôt, il brancha le portable sur son ordinateur et transféra la vidéo de Laurence en quelques minutes. Entre-temps Adriana avait fini d'écrire le récit de leur aventure avec tous les détails dont elle se souvenait. Elle passa le bloc-notes à Filbot, de nouveau assis dans un fauteuil la tête baissée et les doigts dans les cheveux.

Pendant que Julien visionnait la vidéo, Filbot lisait les quelques pages écrites par Adriana. L'expression de son visage passait de l'étonnement à l'angoisse et quand il reposa le bloc-notes il dévisagea Adriana sans être en mesure de dire un seul mot. Julien toujours assis devant son ordinateur les héla :

— Approchez-vous ! Il faut à tout prix que vous voyiez ça !

Tous les trois se serrèrent derrière Julien pour visionner la vidéo. La qualité était plus que médiocre, le cadrage ne laissait pas voir toute la scène, mais tout y était, on voyait bien le cercle lumineux et Mathilda ! Cette dernière apparaissait floue et entourée d'un halo bleu, on ne pouvait distinguer les silhouettes à l'intérieur du cercle, juste des mouvements et des ombres. Toute la scène y était et corroborait exactement avec ce que venait d'écrire Adriana. Laurence prit le bloc-notes et se mit à lire à haute voix, ajoutant des détails çà et là de ce qui restait de ses propres souvenirs.

Il n'y avait aucun doute à avoir, ils avaient bien vécu tout cela et même Filbot, grâce à la vidéo, n'eut aucun doute sur leur récit. Il était bien trop impliqué dans cette affaire surnaturelle depuis de très nombreuses années pour émettre le moindre doute.

Pendant que les autres se reposaient en buvant un thé brûlant, Julien retranscrit les notes d'Adriana sur son ordinateur en y ajoutant ses propres souvenirs et les détails de la vidéo. Ensuite, il envoya le tout sur un serveur externe qui lui servait de sauvegarde de ses données, ainsi ils ne risquaient pas de perdre ce précieux document quoiqu'il arrive.

Exténué, il se jeta lui aussi sur le canapé alors que l'aube se levait déjà sur un paysage lavé par l'orage aux couleurs pastel et opale. Au loin, le Fort immergé dans l'océan n'avait pas changé et rien ne laissait supposer ce qui s'y était passé la nuit précédente.

***

Filbot rentra chez lui pour aller se reposer un peu. Laurence prit ses quartiers dans l'appartement d'Ingrid alors qu'Adriana ne se fit pas prier pour partager la couette de Julien. Tous étaient trop fatigués pour réfléchir et ils se donnèrent rendez-vous en fin d'après-midi au bar du coin de la rue pour faire le point.

Julien avait le sommeil agité et des gémissements répétés ponctuaient ses rêves au fil des heures. Il se réveilla en sursaut après quelques heures d'un repos pour le moins peu restaurateur. Il se précipita vers le bloc-notes et nota ses rêves avant qu'ils ne s'évaporent dans l'oubli.

À 17 heures, nos quatre amis se retrouvèrent au bar « L'Océan » autour d'une table un peu à l'écart où ils pourraient discuter en toute discrétion. À peine la commande passée, Julien prit la parole :

— Il faut absolument que je vous raconte mon rêve de ce matin, j'ai tout noté sur mon bloc-notes pour ne surtout rien oublier ! Vous vous souvenez de mes derniers mots dans le Fort, les filles ? Juste avant que l'inspecteur Filbot ne surgisse, dit-il en regardant Laurence et Adriana droit dans les yeux.

Sans attendre leur réponse, il continua :

— Eh bien, c'était : n'y a-t-il rien que nous puissions faire ? Et ce matin, je pense avoir eu la réponse à ma question. Mathilda m'est apparue en rêve et elle m'a dit :

— Oui, vous pouvez faire quelque chose : œuvrer pour rendre ce monde meilleur. Si vous acceptez de consacrer votre vie à cette quête je mettrai à votre disposition une arme infaillible, la roche bleue que les 692 ont extraite des mines du monde parallèle pendant toutes ces années où ils ont erré en attendant de passer définitivement de l'autre côté. Seuls quelques-uns sur les 692 sont encore dans la phase de transition, les autres ont déjà passé le point de non-retour. J'ai décidé en voyant votre désespoir et votre amour pour Ingrid et Marie de ne pas fermer la porte et de laisser une chance de retour à ceux qui le peuvent encore. J'ai connu la douleur, l'affliction, lorsque j'ai perdu mes enfants et je ne peux vous l'imposer sans renier l'esprit même de ma propre quête. C'est pour ne pas infliger trop de déchirement et de détresse autour des 692 élus que la plupart d'entre eux n'avaient pas d'enfants ni de liens trop douloureux à défaire. À eux de décider, c'est leur dernière chance, si leur désir de rester est plus fort que leur désir de quitter ce monde malade et rempli de haine, vous aurez échoué.

Je vous attendrai à la marée basse, cette nuit, sur la plage au pied du Fort. Venez tous les trois, avec l'inspecteur Filbot, il y aura une surprise aussi pour lui qui attend depuis si longtemps !

— Et si cela n'était qu'un simple rêve Julien ! s'interrogea Filbot à voix haute. À quelle surprise devrais-je m'attendre ? Aucune de mes connaissances n'a disparu à ce que je sache ! ajouta-t-il encore, l'air dubitatif.

— Je ne prendrai aucun risque ! J'irai ce soir, quitte à m'y rendre seule, je veux retrouver ma sœur ! s'exclama Laurence visiblement furieuse contre l'inspecteur.

— Veuillez accepter mes excuses, Mademoiselle Lindgren ! s'inclina Filbot. Ma remarque était idiote en effet, mais elle n'était en aucun cas dirigée contre vous ou contre Julien. Je faisais simplement le rapprochement avec le fait que je ne connais aucune des personnes disparues. Je ne vois donc pas de quelle façon Mathilda pourrait bien me surprendre. J'en suis désolé. De toute façon nous n'avons rien à perdre. Nous irons tous les quatre sans aucune hésitation.

Une nouvelle expédition sur le Fort se prépara donc, mais cette fois avec davantage de minutie. Julien eut une idée qui renforça encore un peu plus l'admiration que lui portait Adriana qui, sous le regard un tantinet moqueur de Laurence et de Filbot, regardait quasiment en pâmoison son bel amoureux.

— Nous devons être prudents au cas où Mathilda déciderait de nous enlever nos souvenirs. Nous ne savons pas comment vont tourner les choses et je vous propose donc de mettre une alarme sur vos téléphones avec pour objet : visionner le film sur le serveur externe ! proposa alors Julien

— Bonne idée ! déclara Filbot. Nous ne pouvons en effet pas faire confiance à cette Mathilda. Aussi, qui sait si son changement d'attitude dans le rêve de Julien n'est qu'une tactique pour mieux nous appâter et nous faire entrer dans son jeu.

À la nuit tombée, l'expédition commença, non sans une appréhension palpable. La descente vers le Fort se fit dans un silence presque effrayant. Chacun était muni d'une lampe frontale dont la portée n'allait pas bien loin par rapport à l'immensité de la plage.

Arrivés au pied des premiers rochers, les quatre complices attendirent debout, de pied ferme, sans que rien ne se passe pendant plus d'un quart d'heure qui leur parut une éternité. Il faisait maintenant nuit noire. Adriana se lova dans les bras de Julien afin de se sentir un peu plus rassurée. Filbot trépignait sur place. Quant à Laurence, égale à elle-même depuis la disparition de sa sœur, elle échappa un instant à la vigilance de l'inspecteur et de ses amis. N'en pouvant plus d'attendre, elle s'avança la première vers le Fort, prête à escalader les premiers rochers. Le son aigu de sa voix fit sursauter les trois autres restés sur place.

— Mathilda ! Mathilda ! Nous sommes là ! Où êtes-vous ? appelait Laurence un peu plus loin.

— Oh Nooon ! Elle ne va pas recommencer ! s'insurgea Filbot en se lançant à sa poursuite.

Avant qu'il n'eût le temps de la rattraper, un bruit sourd arriva jusqu'à lui, suivi d'un cri :

— Aiiiie !

— Mademoiselle Lindgren ! Mademoiselle Lindgren où êtes-vous ? hurla-t-il, aussitôt suivi par Julien et Adriana

— Laurence ! Ça va Laurence ? Où es-tu ? Parle Laurence, parle-nous, que l'on puisse te situer surenchérit Julien !

Mais, hormis le remous des vagues, ils n'entendaient plus un bruit. Laurence semblait s'être évaporée dans la nuit. Filbot, pris de panique, se mit en colère. Il portait la responsabilité de ce qui était en train de se passer. En effet, à la demande de Laurence, et pour ne pas risquer de fâcher Mathilda et de compromettre les chances de retrouvailles avec Ingrid, il n'avait prévenu personne de cette périlleuse sortie.

Avançant à petits pas au milieu des cailloux, les trois aventuriers à peine éclairés cherchaient en vain leur amie quand soudainement, une lueur bleue venue de nulle part illumina l'endroit où se trouvait Laurence. Tous trois se précipitèrent pour découvrir que l'intrépide jeune femme était en train de se noyer dans une marre d'eau salée entre deux rochers.

Filbot, affolé, la dégagea rapidement sans prendre trop de précautions. Laurence avait une entaille d'une dizaine de centimètres au milieu du crâne et avait perdu connaissance.

L'inspecteur pesta, plus inquiet qu'en colère :

— Bon sang ! Comment ai-je pu être aussi stupide pour me lancer avec vous, sans aide, dans cette expédition risquée ? Il faut appeler les secours ! Vite ! Vite !

Tenant Laurence dans ces bras sous la lueur bleue venue de nulle part, Filbot remarqua l'inquiétante quantité de sang qui coulait sur le visage de Laurence et se rendit compte à ce même moment de toute l'importance qu'il portait à cette femme. Il ressentait quelque chose de perturbant, une peur soudaine de la perdre.

Tout à coup, une vague puissante déferla sur eux, les recouvrant comme par magie pour s'enrouler autour d'eux et former une sorte de bulle d'eau tiède et bleutée.

ONZE

    Ils n'étaient plus de ce monde ! Un silence absolu régnait au cœur de cet étrange cocon. Un sentiment d'apaisement total les enivrait. Une sérénité qu'ils n'avaient jamais connue auparavant s'empara de leur esprit. Laurence était toujours inconsciente dans les bras de Benjamin, mais il n'y avait plus de sang sur son visage et la plaie s'était refermée comme si elle n'avait jamais existé…

Ils savaient tous pour quelle raison ils se trouvaient là, pourtant ils ne ressentaient plus ni colère ni inquiétude. L'étrange endroit où ils se trouvaient leur semblait si sécurisant qu'ils n'avaient qu'une seule envie... y rester !

Benjamin caressait doucement la joue de Laurence sans même s'en rendre compte. Laurence respirait paisiblement comme si elle était simplement assoupie. Son visage était lumineux et ses lèvres souriaient, à l'instar de ses trois amis. Elle ouvrit lentement les yeux et son regard fixa délicieusement celui de son tendre porteur. Elle ne sembla même pas surprise et partagea avec ravissement ce merveilleux moment.

Doucement, l'eau qui les entourait se retira sans qu'aucun d'eux ne fut mouillé, et disparut dans le sol verdoyant et fleuri. Un tourbillon de parfums venus de toutes parts caressa les narines de nos amis émerveillés par tant de nuances apaisantes et d'odeurs envoûtantes. Ils humaient dans toutes les directions, cherchant à quoi attribuer la douceur de cet air frais et pur.

— Je me sens si légère, je me sens si bien ! Comme si on venait de m'enlever une tonne du dos ! déclara Adriana ! Comment est-ce possible de ressentir cela ?

— Je ressens la même chose que toi Adriana, mon corps et mon esprit sont si...

détendus ! — Sommes-nous... morts ? demanda alors Laurence en s'approchant de son amie pour en inspecter curieusement la peau.

Les traits de leurs visages étaient incroyablement lisses, reposés ; d'une pureté et d'une fraîcheur sans pareil. Aucun cerne, aucune trace d'une quelconque fatigue n'apparaissaient plus.

Un doux bruit d'écoulement d'eau résonnait un peu plus loin, telle une source. Le quatuor entreprit d'explorer un peu les lieux pour voir d'où venait cette mélodie. Benjamin garda la main de Laurence dans la sienne. Elle la lui laissa comme une évidence.

Le ciel était totalement bleu azur, sans l'ombre d'un nuage, qui semblait ne pas exister dans cet endroit magique. Le contraste avec les couleurs des fleurs aussi diverses que surprenantes de beauté était époustouflant. Leurs yeux se baladaient dans cette immensité verdoyante, il faisait chaud. Julien fit remarquer les deux Soleils qui brillaient au firmament. Chacun s'en émerveilla avec bonheur, sans plus de surprise. Ici, tout leur semblait simplement normal, beau et apaisant. La mélodie de la source se rapprocha doucement. Et là, tout près d'une cascade bleue et fluorescente, se tenaient assis Georges, Marie, Mathilda et Ingrid.

Laurence fut envahie d'un immense sentiment de bonheur. Pas d'exclamation de joie grandiose ni théâtrale, juste du pur bonheur partagé. Ingrid se leva à la rencontre de sa sœur ; elles s'étreignirent comme deux enfants. Ce qu'elles vivaient n'avait pas de mots pour être défini. Elles se mirent à décrire la beauté qu'elles voyaient l'une en l'autre. À se dire leur amour. Tout était simple et léger comme l'air qui régnait dans ce paradis. Marie caressa la joue de son neveu, lui, lui caressa les cheveux. Georges salua chaleureusement Benjamin comme pour lui exprimer le plaisir immense de sa visite. Mathilda sourit à Adriana avec complicité.

Ils n'échangèrent rien au sujet des disparitions. Ils ne faisaient que savourer la grâce du moment. Après quelques instants, Mathilda suggéra que le moment était venu de préparer le repas.

Georges guida Julien et Benjamin un peu plus loin derrière la cascade, vers une immense rivière dont l'eau était si pure et cristalline qu'on pouvait y voir évoluer les poissons comme s'ils étaient à l'air libre. Georges tendit à chacun un filet fabriqué en fil de coton, et les trois comparses prirent un plaisir immense à pêcher ensemble.

Pendant ce temps, Mathilda, Ingrid, Adriana, Marie et Laurence, parcouraient ensemble la forêt, abondamment fournie en fruits de toutes variétés.

Ils furent ensuite tous conviés à se rassembler autour du feu de bois préparé par Mathilda afin de profiter ensemble du merveilleux repas servi dans des feuilles de bananier, accompagné d'un vin fruité et léger qui coulait en gorge comme de l'hydromel. Après ce moment chaleureux, où chacun, sans chercher, avait trouvé sa place, l'heure était venue de profiter d'un repos mérité. Personne n'éprouva le besoin de rompre le silence qui s'était installé tout naturellement, mais profitait des bienfaits d'un soleil couchant. Un soleil sur deux se couchait, l'autre éclairait délicatement ce jardin d'Éden.

Ingrid n'était pas surprise du couple que formaient Julien et Adriana et se réjouissait de les voir enlacés. Quant à Laurence et Benjamin, qui semblait si différent de ce brave inspecteur Filbot, ils s'épanouissaient dans les bras l'un de l'autre. Ils y passèrent d'ailleurs la nuit, tendrement enlacés dans des hamacs de fourrure bleue qui n'existait nulle part ailleurs.

La nuit passa dans cette douceur absolue.

***

Au lever du jour, ils se retrouvèrent le corps pour moitié noyé dans l'eau de mer au pied du Fort. Le réveil fut pour le moins brutal. Une vague plus puissante que les autres les fit émerger définitivement du sommeil dans lequel ils étaient profondément plongés. Filbot retrouva instantanément son sale caractère et recommença à vitupérer :

— Merde ! Mais que faisons-nous dans cette flotte ? Mon téléphone est noyé, et tous mes papiers aussi.

Les trois autres étaient dans le même état. Leurs vêtements étaient trempés ainsi que tout leur barda. Mathilda les observait en riant. Elle s'approcha et prit un air un tantinet moqueur pour s'adresser à l'inspecteur :

— Ne vous inquiétez pas Benjamin, il vous reste encore votre plus lourd fardeau !

Ce dernier sembla ne pas comprendre. Mathilda lui prit la main et y déposa au creux un tout petit caillou bleu fluorescent puis lui referma la main tout en l'observant. Filbot ferma les yeux comme pour savourer ce qu'il ressentait. Il retrouva la légèreté de la veille dans ce pays magique. Il revécut chaque instant avec délice. Il rouvrit les yeux pour admirer Laurence, sa Laurence ! Il était en train de comprendre que sa colère, ses doutes, ses peurs, sa solitude étaient ce fardeau dont parlait Mathilda. Le petit caillou se transforma en fins grains de sable bleus qui finirent par glisser entre ses doigts et à redonner à Filbot son misérable état.

Mathilda entama un ultime discours avant de disparaître :

— Ce que vous avez vécu ces dernières heures, c'est à quelques détails près la vie que vous pourriez avoir sur votre Terre. Vos peurs, vos colères, vos doutes, vous les nourrissez par l'envie. Vous voulez plus, toujours plus. Vous voulez mieux, vous regardez vos semblables en vous demandant ce qu'ils ont de plus que vous, parce que vous avez peur d'être moins bien. Vous avez peur de perdre parce que vous voulez posséder. Vous vous jugez, vous vous comparez. Vous cherchez à obtenir plus d'argent, plus de pouvoir pour vous rassurer. Vous ne savez plus aimer, tout simplement aimer. Ces dernières heures, je vous ai enlevé tout cela. Réfléchissez ! Comment vous sentiez-vous ? Qu'y avait-il de plus que vous n'avez pas ici ? Vous avez pêché ! Vous pouvez le faire ici ! Vous avez profité de ce que la nature vous offrait, vous pouvez le faire ici aussi. Vous avez aimé, vous avez simplement aimé et cela, vous pouvez tous le faire ici. Maintenant que vous savez, vous comprenez ce que vous pouvez faire pour rendre votre monde meilleur. Si vous le décidez, je vous y aiderai. Je vous donnerai la pierre. Autant de pierres magiques que de personnes que vous rencontrerez et si vous savez les convaincre, elles pourront l'avoir à leur tour pour la transmettre. Votre monde peut vite redevenir la Terre de tous. Un univers d'amour et de paix. À vous de décider.

Chacun resta interloqué par le discours de Mathilda qui s'adressa cette fois à Laurence :

— Vous venez de vivre à la manière de votre sœur aujourd'hui. Reviendriez-vous dans ce monde après ce que vous avez vécu ? Si vous changez votre monde, votre sœur reviendra et Georges la suivra.

— Quant à votre tante, Julien, elle a fait son choix d'attendre dans le monde parallèle avant de pouvoir rejoindre définitivement votre oncle. Ainsi l'a-t-elle décidé ! Mais maintenant que vous savez, vous n'éprouverez plus de peine.

Avant de s'évaporer dans les airs, Mathilda eut ces derniers mots :

— Vous savez où me trouver, dès que vous aurez pris votre décision. Venez à la nuit tombée sur le Fort et appelez-moi.

La voyant filer, Filbot qui n'avait pas perdu le nord, la héla :

— Vous aviez dit que vous aviez une surprise pour moi ! De quoi parliez-vous ?

D'un revers de bras, sans se retourner, Mathilda lança une sorte de petite bulle bleue qui vint s'éclater à l'oreille de l'inspecteur laissant s'échapper ces quelques mots en murmure :

— Votre surprise a passé la nuit dans vos bras !

La moue dubitative de Filbot, qui retrouvait son humeur habituelle, l'empêchait de raisonner simplement à la déclaration de Mathilda. Un peu gêné, il regarda ses compagnons d'aventure et dut se rendre à l'évidence devant le regard plus pétillant de Laurence. Elle était donc la « surprise » en question. Curieusement, il se sentait bien, un peu envahi par un sentiment de sérénité.

Adriana commençait à claquer des dents. Ses vêtements étaient trempés et il aurait fallu rentrer au plus vite pour se changer. La tête encore chargée des souvenirs de cet ailleurs enchanteur, ils s'aperçurent que la mer empêchait toute traversée et qu'il allait falloir attendre la marée basse !

Naufragés involontaires de cette drôle d'aventure, ils se dévisageaient en se demandant mentalement s'ils avaient bien vécu ce dont ils se souvenaient.

— Quel univers fabuleux, s'écria Julien, les yeux encore émerveillés ; Marie y est bien, c'était écrit dans son regard.

— Et Ingrid, tellement sereine et heureuse ! Comment aurait-elle envie de revenir dans la solitude tristounette de son appartement et retrouver tous ses problèmes ? Tout est tellement évident et simple dans ce monde ! renchérit Laurence, en prenant pour de bon la main de Benjamin.

— Nous venons de voir le paradis ! Que devons-nous faire ? Nous sommes comme un trait d'union entre le monde réel et cet éden de transition ! Nous devons leur dire, à tous, qu'ils se trompent, que la vie peut être plus douce ! C'est notre seule chance de retrouver Ingrid et Georges dans notre monde ! dit Julien

Alors qu'ils devisaient sur ce qu'ils devaient faire, ils entendirent le moteur d'un Zodiac qui se dirigeait vers le Fort. C'était celui du poste de sauvetage qui avait repéré des mouvements anormaux sur le Fort. Ils durent encaisser les sérieuses réprimandes du chef des sauveteurs qui leur dit ce qu'ils savaient déjà : il est interdit de se rendre sur le Fort ! Filbot n'apprécia qu'à moitié. Fallait-il qu'il ait une bonne raison pour se laisser sermonner de la sorte, sans répliquer !

Julien et Adriana s'empressèrent de retrouver l'appartement du jeune homme, tandis que Benjamin raccompagnait Laurence chez elle. Ils avaient tous besoin de se sentir exister, de s'enlacer avec fougue et passion pour être bien certains d'être de retour dans la vraie vie et de ne pas se laisser absorber par l'étrangeté des derniers événements.

D'un commun accord, ils se donnèrent rendez-vous au café pour 17 heures.

DOUZE

Lorsqu'ils se retrouvèrent à la terrasse du bistrot, Laurence avait la mine radieuse d'une femme amoureuse et Benjamin semblait avoir gommé quelques rides de l'expression maussade qui habillait généralement la commissure de ses lèvres. Le sourire lui seyait à merveille !

La situation amusa Julien et Adriana et étonna beaucoup la serveuse qui trouva, Monsieur l'Inspecteur Filbot, beaucoup plus accort que lors de leur dernière entrevue en son bureau !

Attablés devant des cocktails Blue Lagon au curaçao, de circonstance, ils se sentaient bien, presque rassurés, avec l'envie simple de profiter de ce moment. Ils savaient désormais qu'Ingrid, Georges, Marie étaient sereins, vivants quelque part, protégés, en sécurité, et qu'ils étaient bien dans ce monde étrange. Il faisait bon et le temps s'étirait mollement à la table des couples d'amoureux.

Filbot déclara soudain :

— Cette histoire est incroyable ; Mathilda et les autres sont dans le vrai ! C'est un chemin d'amour que nous avons à suivre et à montrer aux autres… Et, prenant la main de sa belle, il poursuivit : et je crois bien que cette aventure a déjà rendu quatre personnes heureuses, ici présentes… aussi étrange que cela puisse paraître, la mort des enfants de Mathilda a ouvert un possible, afin de secourir une mère en détresse. Et c'est Mathilda qui, en payant sa dette au monde des morts en enlevant ces 692 personnes, a fait naître ce paradis entre les deux mondes. Qu'en pensez-vous ?

— Oui, mais ces personnes ont été enlevées contre leur gré ! Ingrid n'aurait jamais franchi ce pas seule ; elle a été manipulée par la guide Mathilda ; elle était juste partie se baigner, alors, n'oublions pas qu'il s'agit d'une sorte d'enlèvement, Benjamin !

— Avons-nous le droit de manipuler les autres, contre leur gré, sans même qu'ils soient au courant ? Comment pourrons-nous leur faire comprendre que c'est pour leur mieux-être ? dit Adriana.

La serveuse s'approcha de la table de leurs débats et leur demanda en ces termes s'ils désiraient une autre consommation :

— Messieurs-dames, une dame est passée au bar et a payé pour vous une autre consommation de Blue Lagon ! Vous avez de la chance ! Elle m'a aussi remis ceci pour vous !

Elle leur tendit une enveloppe avec à l'intérieur une clef USB ! À l'évidence il ne pouvait y avoir aucun doute sur l'identité de cette femme blonde venue au bar…

De retour à l'appartement de Julien, ils s'installèrent autour du bureau et attendirent que la clef leur révèle son contenu.

Le visage de Mathilda apparut et leur sourit :

— Mes amis, je veux à nouveau ouvrir cette fenêtre pour vous et vous donner à réfléchir sur la douceur possible et la chance de pouvoir la donner à tous ceux de votre monde.

Ce disant, elle dessina un demi-cercle et instantanément, les visages familiers apparurent… Ingrid salua sa sœur, d'un geste délicat de la main, puis prit la main de Georges et ensemble, ils disparurent, dans un sourire heureux…Ce spectacle laissa une impression de sérénité incroyable dans l'esprit des quatre amis.

— Elle sait que nous nous interrogeons, alors elle nous adresse à nouveau un signal ; je crois qu'il faut s'attendre à d'autres interventions de sa part, tant que nous n'aurons pas pris de décision ! dit Julien.

— Que devons-nous faire alors ? poursuivit Adriana. Accepter et avoir une chance de revoir Ingrid et Georges du côté de ce monde ? Mais comment faire ? Si nous refusons le « marché », Ingrid et Georges resteront définitivement de l'autre côté et n'auront plus jamais envie de revenir vers nous ! Et notre monde n'aura jamais la chance de vivre l'harmonie dont nous avons été témoins privilégiés.

À part Laurence, toujours sceptique quant à la suite à donner à leur incroyable épopée, les trois autres avaient pris leur décision : ils voulaient tenter l'aventure et participer à cette quête qui leur avait été proposée, la considérant comme une opportunité unique de donner un sens à leur vie et de vivre le bonheur. Méfiante de nature, Laurence avait encore du mal à se décider. Pourquoi Mathilda leur offrait-elle cette opportunité ? N'y avait-il pas anguille sous roche ? Comment lui faire confiance à 100 % et être sûrs que cette pierre qu'ils étaient censés recevoir et propager ne servirait pas à disséminer le malheur au lieu du bonheur tant recherché ? Comment être sûrs qu'Ingrid et Georges seraient bien libérés ensuite ?

À contrecœur elle finit par accepter d'accompagner ses amis sur la plage le soir venu, même Benjamin si terre-à-terre d'habitude était partant. C'est en fait ce qui l'avait convaincue finalement de se prêter au jeu, si on pouvait appeler cela comme ça !

***

Le soir venu, nos quatre amis se dirigèrent, comme déjà si souvent ces derniers jours, vers le Fort illuminé par une pleine lune d'une beauté époustouflante. Les reflets argentés de l'océan dans lequel l'astre se mirait complétaient le paysage et lui donnaient un air féerique, presque irréel. La Lune, énorme et claire, se montrait dans toute sa splendeur. Chaque relief, chaque cratère semblaient si proches qu'on aurait presque pu y toucher… une enjambée aurait suffi pour passer de l'autre côté.

Au pied du Fort, ils échangèrent un regard et sans avoir besoin de se parler, la décision fut laissée à Laurence, ce serait à elle d'appeler ou non Mathilda. La colère l'ayant finalement désertée, Laurence prit son courage à deux mains et c'est la voix tremblante qu'elle appela doucement Mathilda. Curieusement, il n'y avait personne à part eux sur la plage ce soir, malgré le spectacle céleste qu'offrait la Lune.

Quelques secondes interminables se passèrent quand enfin, une lueur bleue vint envelopper le Fort et cacha la Lune à leur vue. Une forme féminine enveloppée de voiles blancs s'approchait comme portée par le vent léger de cette tiède soirée.

Quelle ne fut pas leur surprise quand ils virent approcher Ingrid au lieu de Mathilda, flottant au-dessus de la plage comme un fantôme ou une fée, un doux sourire aux lèvres. Laurence en resta bouche bée, voir sa sœur flotter ainsi sur la plage où elles avaient passé tant de moments heureux ensemble lui causa un choc. Elle se mit à sangloter, incapable de se retenir, l'émotion était trop forte.

— Non, ne pleure pas Laurence, susurra Ingrid d'une voix douce et apaisante, il n'y a aucune raison de pleurer, je suis bien vivante, heureuse comme jamais je ne l'ai été.

Puis elle se tourna vers Adriana, sa meilleure amie, avec un regard qui transmettait la sérénité et l'amour, ensuite vers les autres. Les quatre amis étaient subjugués par sa beauté physique et intérieure, reflet d'une âme pure et heureuse.

Ingrid s'approcha encore et prit sa sœur, toujours tremblante, dans ses bras. Au bout de quelques secondes, Laurence parvint à maîtriser son émotion et cessa enfin de sangloter pour étreindre sa sœur avec tendresse.

Ingrid recula ensuite de quelques pas et s'adressa à eux :

— Mes amis, je sais que vous vous êtes inquiétés pour moi, que je suis partie ainsi sans donner de nouvelles et je suis désolée de vous avoir causé de la peine. C'était pourtant nécessaire. Je vous dois cependant une explication. Lorsque Georges et moi nous sommes séparés, un monde s'est écroulé pour moi, j'étais malheureuse, incapable de remonter la pente, même si j'essayais de ne pas le montrer. Un soir alors que je pleurais assise sur un rocher sur la plage près du Fort, Mathilda m'est apparue et m'a proposé de la suivre dans un monde de bonheur et d'amour. Je n'ai pas longtemps hésité, j'ai décidé de tenter l'expérience. De l'autre côté, j'ai vu un monde meilleur, dépourvu d'égoïsme et de convoitise, un monde où seuls l'amour du prochain et le bonheur sont le but ultime. Peu de temps après, j'ai appris que Georges avait lui aussi déjà franchi le pas, notre séparation l'avait laissé tout aussi malheureux et il avait saisi l'opportunité lorsque Mathilda lui était apparue.

Nous nous sommes revus dans ce monde parallèle et avons de suite compris qu'en quittant notre monde nous avions laissé derrière nous tous les différends qui nous avaient séparés. Je savais que toi, Laurence, et toi, Adriana, étiez inquiètes et j'en étais désolée. C'est pourquoi j'ai demandé à Mathilda d'arrêter de vous faire peur et de vouloir vous éloigner de notre monde, de vous dire la vérité et de vous donner l'opportunité de contribuer à notre quête. L'amour que vous me portez a ouvert des portes, comme ce fut le cas il y a très longtemps pour Mathilda.

Je sais Laurence que tu es sceptique, méfiante et que ton cœur a peur de s'ouvrir et de croire à tout ceci. C'est pourtant vrai et c'est pour cette raison que je suis venue vers vous ce soir, pour vous prouver la réalité de ce monde magnifique et pour vous demander d'accepter de porter l'espoir dans le monde physique, sur cette Terre si belle et pourtant si cruelle.

Les quatre amis étaient demeurés silencieux, comme suspendus aux lèvres d'Ingrid dont ils buvaient les paroles.

— J'ai décidé de ne pas revenir dans votre monde, dit-elle enfin dans un souffle en les balayant du regard. J'ai pris cette décision avec Georges, nous voulons rester ici de notre plein gré, conscients et heureux de notre décision. Je vais prendre la place de Mathilda ; je suis la dernière des 692 qui ont contribué à rendre possible cet instant. Mathilda va passer définitivement de l'autre côté et rejoindre ses enfants et son mari pour toujours, alors que moi je vais rester entre les deux mondes, avec Georges, et être les maillons entre l'au-delà et le monde physique.

À cet instant, Georges apparut aux côtés d'Ingrid, un large sourire aux lèvres, l'air aussi heureux qu'elle. Il les salua tous d'un léger hochement de tête.

— Laurence, dit Ingrid d'un ton rempli d'amour, je sais que je te fais du mal en ce moment, que tu voudrais que je revienne auprès de toi, mon unique sœur aimante, mais il faut que tu comprennes que je suis heureuse ici et que je resterai auprès de toi à chaque instant comme un ange gardien pour veiller sur toi. Tu as Benjamin maintenant, dit-elle avec un sourire adressé à ce dernier. Il est l'homme de ta vie, tu serais passée à côté, tu ne l'aurais pas vu, trop ancrée dans le monde actuel dépourvu de sentiments et d'espoir… tout comme lui d'ailleurs ! Cette aventure qui vous arrive vous a déjà rendus heureux. Adriana et Julien, toi et Benjamin, vous allez mener une vie heureuse.

Je vous demande de faire pareil avec tous ceux qui vous entourent. Donnez-leur l'occasion de voir, de ressentir le pouvoir des bonheurs simples et de l'amour. Qu'ils goûtent cette légèreté, démunis de toutes envies de posséder, de dominer ; montrez-leur comme il est bon de vivre avec une belle âme, la gentillesse et la main toujours tendue vers les autres, de connaître notre monde sans l'angoisse et la peur de tout perdre. Laissez-leur le choix, ainsi que vous l'avez eu vous-même. Très bientôt, si vous acceptez de nous aider, vous trouverez des pierres bleues, celles qui ont été extraites par les 692 élus pendant de longues années de labeur effectuées de leur plein gré et dans la joie. Votre destinée sera de les distribuer. Nous avons extrait des millions de pierres, un seul fragment suffira à ouvrir l'accès à la connaissance, au savoir, à la vraie quête et raison d'être de l'humain. Le bonheur c'est contagieux. Le convaincu saura convaincre à son tour. Acceptez-vous de contribuer à cette quête pour le restant de vos jours dans ce monde physique où vous évoluerez encore pendant de longues années ?

Le regard d'Ingrid se posa de nouveau sur Laurence, la regardant droit dans ses yeux brillants de larmes, mais où une lueur d'espoir s'était éveillée. Ingrid prit alors sa main entre les siennes et lui transmit en une fraction de seconde, toute la sérénité et le savoir qu'elle-même avait acquis dans l'univers parallèle.

— Oui Ingrid, souffla enfin Laurence, je te crois et je comprends maintenant tes motivations, je veux être l'instrument qui aidera à améliorer cette humanité à la dérive, merci ma sœur de me donner cette opportunité.

Laurence regarda Adriana, Benjamin et Julien pour avoir leur accord et leur soutien, ce qui ne tarda pas à se concrétiser. Ingrid prit la main de chacun d'eux dans les siennes et leur communiqua tout ce qu'ils devaient savoir sur leur quête. Ils acceptèrent chacun individuellement, inconditionnellement, de devenir les messagers et les porteurs de l'espoir et du changement.

Petit à petit, un sourire toujours aux lèvres, Ingrid et Georges s'éloignèrent et finirent par disparaître, laissant de nouveau la pleine lune reprendre le devant de la scène et l'océan continuer à bercer l'air du bruit du ressac sur la plage.

***

Trois ans plus tard, sur cette même plage, deux couples se promènent main dans la main, couvant des yeux deux bambins jouant dans le sable. Le garçon, Georges, et la petite fille, Ingrid, rient, heureux. Ils respirent la joie de vivre.

Les deux mamans, le ventre légèrement arrondi, sont radieuses tout autant que les papas qui contemplent d'un regard bienveillant et attentionné leurs femmes enceintes. Ils ont déjà trouvé des prénoms pour les deux bébés à naître. Ce sont deux petites filles : elles s'appelleront tout naturellement, Mathilda et Marie.

À cet instant un cri de joie parvient aux parents ; la petite Ingrid vient de ramasser quelque chose sur la plage et s'approche d'eux en courant :

— Regarde maman ce que j'ai trouvé, dit-elle à Laurence, les yeux remplis d'étincelles bleues.

La petite fille tend à sa mère une très jolie petite pierre bleue en forme de coquillage. Georges ne tarde pas, lui non plus, à accourir avec deux petits coquillages bleus dans ses petites mains potelées.

À partir de ce jour, les petites pierres bleues constellèrent la plage. Un monde meilleur était en route…

Index des chapitres

UN 9

DEUX 19

TROIS 27

QUATRE 37

CINQ 47

SIX 59

SEPT 71

HUIT 89

NEUF 101

DIX 119

ONZE 133

DOUZE 145

... suite tome 2 « Viktor le Maléfique » !